神M&A アドバイザーズ

山本貴之

エネルギーフォーラム

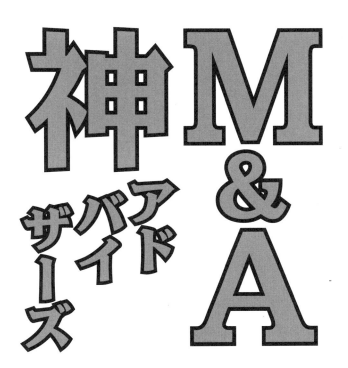

●本書で扱うM&Aの案件

【その1】 ガス会社の介護サービス子会社の譲渡
【その2】 ガス会社が保有運営する病院の譲渡
【その3】 遠隔地のガス会社への資本参加
【その4】 近隣のガス会社の譲受《プロジェクト・ロッキー》
【その5】 フィリピン発電会社への資本参加《プロジェクト・マリア》
【その6】 米国シェールガス開発会社への資本参加

●主な登場人物

〈本州瓦斯経営企画室（ケーキ室）のスタッフ〉

佐々木涼太：主人公。東京の私立大学卒業後に本州瓦斯に入社して四年目。静岡県浜松市出身。

波多野キャプテン：経営企画室長。元戦闘機パイロット。米国ファンドマネジャー。浜松市出身。

天野警部：元静岡県警警部（刑事）。浜松市出身。

真白由紀：元米国ミュージカル女優。米国インベストメントバンカー。

村瀬：佐々木涼太と本州瓦斯に同期入社。静岡県静岡市出身。

桜井ひとみ：eスポーツ選手。本州瓦斯に入社して三年目。静岡県磐田市出身。

安藤マリア：ブラジル、フィリピンからの帰国子女。本州瓦斯に入社して一年目。浜松市出身。

高石裕也：東西電力社員。本州瓦斯に出向。

〈本州瓦斯経営陣〉

波岡徳太郎：本州瓦斯社長。後に会長。浜松市創業家出身。

波岡美奈子：執行役員秘書室長。後に社長。徳太郎の実娘。

唐沢一樹：専務取締役。静岡市創業家出身。

河津：取締役総務部長。後に専務取締役管理本部長。静岡市出身。

牛浜：財務担当常務取締役。静岡市出身。

長島：執行役員。後に取締役総務部長。静岡市出身。

志田：執行役員。後に秘書室長を兼務。浜松市出身。

●目次

M&A神アドバイザーズ

装画　赤座綾子

第一章　プロローグ（本州瓦斯《ほんしゅうがす》株式会社）

からっ風

もう三月も半《なか》ばというのに、駅前のビルの谷間を乾いた風がひゅうっと吹き抜ける。まだ、肌をひやりとさせる冷たい風だった。

「遠州《えんしゅう》のからっ風だな」

涼太《りょうた》は、呟《つぶや》きながら駅に向かう親子の後ろ姿に頭を下げた。

「ありがとうございました」

隣では、オレンジ色の店の幟《のぼり》がパタパタと風にはためいている。よく見ると白抜きのゴシック文字で『住まいのことなら、本瓦斯不動産』と書いてある。

そろそろ昼過ぎだが、今日初めての成約である。

東京から学生用のアパートを借りにきた母と息子が駅に向かい角を曲がったのを目にすると、涼太は、隣でまだ頭を下げている酒井店長の方を向いて、

「お疲れ様でした」

と声をかけた。

『学生用アパート斡旋《あっせん》』の看板を立てた、この駅前の店には、この時期、飛び込みでお客が入ってくれる。一DKでは、家賃見合いの報酬は少ないが、やはり成約は嬉《うれ》しい。

「じゃ、鰻《うなぎ》でも食べに行くか。奢《おご》ってやるよ」

いつもは牛丼かカレーで割り勘なのに、今日の酒井店長は、やけに気前がいい。少しゴマ塩になりかけている短く刈った頭は、日焼けした中年顔に妙にマッチして、凛々《りり》しく見える。

「あれ、今日は何かあるんですか?」

「まあね」

軽く話題をそらすと、店長は、さっさと駅ビルの端っこにある馴染《なじ》みの鰻屋に足を向けた。

浜松は、鰻の養殖で有名だが、当地の鰻の焼き方は関東風と関西風が混在している。

酒井店長の行きつけの店は、関西風でこってりとしたタレで、ぱりっと歯ごたえがある鰻を出す。もともと涼太は、関東風の柔らかくふっくらと焼いた鰻が好きだったが、酒井店長に毎日昼ご飯をお付き合いしたお蔭《かげ》で、鰻の好みもすっかり感化されてしまった。

「お前、もう、うちの店にきて三年だよね」

「ええ、そうなります」

鰻が焼きあがるまで時間がかかるせいか、手持ち無沙汰《ぶさた》の酒井店長が急に改まった様子で話しだした。

「昨日、不動産の本店から電話があって、そろそろガスの本社に戻すと言っていたぞ」

「え、それって異動の内示ですか?」

「まあね。四月一日付けだから、あと二週間ちょっとだ。今日あたり人事から電話が入るかもな」

ふううん、と頷《うなず》いて、ちょっと嬉しいけど、やっぱり不安だな、と自分で胸のうちを確かめた。

佐々木涼太が静岡県浜松市に本社を置く本州瓦斯に入ったのは、今から四年前である。本州瓦斯は、地元では「本瓦斯（ほんガス）」と呼ばれ親しまれている。三月に大きな地震と津波が東北地方を襲った年の入社で、ひどく落ち着かない入社式だったのを覚えている。同期は二十人あまりと、社員五百人の会社にしては多く採用した年だったが、導入研修もそこそこに、郊外のガス販売の営業店に配属となり、お客さん回りを一から学んだ。

あっという間に一年経って、次に配属されたのが、グループ会社の本州瓦斯不動産の浜松駅前支店である。駅前支店というと聞こえはいいが、駅前のデパートの裏にあるペンシルビル（鉛筆の形をした細長い建物）の一階と二階を間借りした小さい店だ。一階は応接フロア、二階は事務フロアと称しているが、応接フロアもお客さんが三組も入れば、いっぱいになる。涼太のほかには、酒井店長と二人のアルバイト事務員の計四人で切り盛りしていた。

午後の仕事を始めると、この日は、ひっきりなしに親子連れが訪れて、涼太の運転する車で浜松の山の手にある大学周辺のアパートを物色《ぶっしょく》していった。夕方六時近くに最後のお客さんを見送ると、涼太は、どっと疲れを感じた。駅に向かって歩く母親の黒いコートと並んだ息子のモスグリーンのダウンジャケットの背中を見て、突然かつての自分の姿を思い出した。

　自分も八年ほど前に、東京の私鉄沿線の駅前の不動産屋を母親と訪ねた。都心の私立大学への入学を決めて、最寄りの地下鉄駅に乗り入れている私鉄の駅の一つに降り立った。これから広い都会に住むのだというワクワクする期待と僅《わず》かばかりの緊張感を今でも思い出す。当時は、都心の地理などまったく不案内で、不動産屋に進められるまま、駅近くのパチンコ屋の向かいにある古びたアパートの二階に住むことを決めた。

　その四年後、就職活動は、東京の大手商社や銀行を中心に回ったのだが、いい線まで行ったものの、最終面接で内定の通知はもらえなかった。そもそも就職氷河期だったし、友達と情報交換したら、彼らとは就職に関する情報量が違った。

　集団面接で頻出《ひんしゅつ》する入社志望動機や大学時代に熱心に取り組んだことといった話題はもちろん、ありきたりの日常会話でも、彼らは自分をアピールする周到な準備ができていた。

「四年間、東京で過ごしたものの、結局、自分は田舎者だったということか。つまるところ、縁がなかった」

と自分を納得させて、地元の浜松の企業を受けて、本州瓦斯に拾ってもらった。帰ってきた息子を迎える両親は喜んだが、何か物足りなさが残り、それが自分の胸のうちに沈殿物となって溜《た》まっているのを感じて今日まできている。

内定者の集まりで教えてもらったが、本州瓦斯というのは、明治・大正時代に創業した浜松を主な供給エリアとする遠州瓦斯と静岡の西側から焼津《やいづ》・藤枝あたりを地盤としていた駿州《すんしゅう》瓦斯などいくつかの中小ガス会社が大同合併してできた会社で、遠州と駿州を足したから本州となったらしい。なんで静岡県の西半分のガス会社が、いきなり『本州』という格段に立派な名前を付けられたのかよくわからない。もっとも、やはり戦時中に大同合併でできた東海中部から関西に跨《また》る電力会社が本州電力と称したから、それにあやかったという説もあった。

学生の後ろ姿にデジャヴ（既視感《きしかん》）を見たせいか、一抹《いちまつ》の懐かしさと寂しさを抱えて涼太が席に戻ると電話が鳴った。

「人事の川崎だけど、佐々木涼太君かな？」

ああ、来た。

少し上《うわ》ずった声で、はいと答えると、

「四月一日付けで、本社の関連事業部に異動を命じます。グループ会社の面倒をみる仕事だ。よろしく」

事務的な口調のまま、あっという間に電話は切れた。

急いで後ろに控える酒井店長に人事から電話があったと報告した。

「面倒をみるって言われたの？　ま、言いかえれば、手助けするってことだけどね」

店長は、屈託《くったく》なく笑って言った。

「だって、うちもそうだけど、どの関連会社だって、人をくれ、金をくれ、資材をくれって、みんな関連事業部に泣きついてくるからね。若くて一番言いやすいやつに言うから、涼太、お前、格好《かっこう》の標的だぜ」

店長は笑いながら、送別会の日取りを確かめようと手帳をめくりだした。

酒井店長は、市内では最も羽振りのよい不動産会社から請《こ》われて転職してきた腕利《き》きの営業マンである。すぐに実績をあげて、だいぶ以前からこの駅前支店ともう一つ、鍛冶町《かじまち》という繁華街の支店の二つを掛け持ちで任されている。二つの店長と合わせて本店営業部次長の肩書も持っており、本瓦斯本社の関連事業部の仕事ぶりは、かなり熟知しているようだった。

関連事業部

今年の桜は少し開花が早いようだ。

徳川家康が在城したことで『出世城』と地元では呼んでいる浜松城の桜は、四月一日にはかなり散っていて、むしろ若葉が目立つほどだった。

出世城と言えば、江戸時代も後半に入って水野忠邦《ただくに》という譜代《ふだい》大名（江戸時代、関ヶ原《せきがはら》の戦いの前から徳川氏の家臣であった大名）がいた。幕府内で出世しようとした水野は、将軍や上役に願って石高《こくだか》の多い他の領地から、わざわざ浜松に引っ越して来て、その後、見事、老中筆頭までのぼりつめたという逸話を聞いたことがある。ようするに浜松城主はエリートコース、幕閣の登竜門だったということだ。

この話を、同期会の折に、静岡出身の村瀬という男にしたら、失笑された。

「老中と言ったって、会社で言えば所詮《しょせん》、専務か常務だろ。静岡にある駿府《すんぷ》城は、将軍が引退して住むところ。言ってみれば、社長会長を経た相談役の居城で、浜松とは格が違う」

なるほど、そうとも言えるのか、と一瞬納得したが、だんだん無性に腹が立ってきた。およそ静岡と浜松といったって同じ静岡県の中だけの話で、その僅かの間で競り合ったところで、グローバルには何の意味もない。

「お前、遠州というのは、奈良・平安の昔から遠江国《とおとうみ》ともいって、遠江とは浜名湖のことだ。近江《おうみ》は琵琶湖。つまり上方から見て、近い海が琵琶湖、遠い海は浜名湖。その先は未開の地だ。お前の言う静岡もそうだぞ」

と言わなくてもいいことを言って、同期会の雰囲気を一気に盛り下げた。この論法だと東京は未開の地でもさらに野蛮なエリアということになるが、そこから都落ちして今の自分がいる。涼太は、かえって気分が暗くなった。

もっとも、静岡・浜松論争は、本州瓦斯にとっては単なるお国自慢の言い争いではない、ということがやがてわかるのだが、それはまだ先の話である。

さて、本州瓦斯の本社は、浜松駅に隣接するオーシャンタワーという四十五階建ての高層ビルの中層階にある。高層階は高級ホテルが入り、低層階は専門店や飲食店街となっている。地方都市でこのようなランドマークがあるのは、やはりバブル時代の名残《なごり》だろうが、涼太は内定式で、このビルの二十五階のオフィスに初めて足を踏み入れたときは、さすがに感動した。

「南に中田島《なかたじま》砂丘と遠州灘が見える。その先は太平洋の水平線だ。反対方向、はるか北に並ぶ山々は南アルプス。その東の端には、富士山が見える。もともと馴染んだ景色とはいえ、まさに新天地だ！」

しかし、残念ながら今回の異動先の関連事業部が、この本社オフィスにあるわけではない。ここは家賃が高いので、役員、秘書室、総務人事部門など本社の枢要《すうよう》な部署が入っているだけだ。営業や庶務経理、システム部門、さらに関連事業部は、昭和時代の昔の本社ビルである駅の南側の古いレンガ色の建物に入っている。

四月一日の朝、涼太が勢い込んで、その古びたビルの三階奥にある関連事業部に出勤していくと、窓際に赤ら顔の太った中年男が、机の上に靴《くつ》を履《は》いた足を投げ出して新聞を読んでいるのが見えた。やや変人と噂に聞いていた、部長の山下である。

「おはようございます。今日からお世話になります佐々木涼太です」

涼太が挨拶《あいさつ》しても、机の上の足は動かない。しばらく無言で新聞を読んでいる。ようやく物憂《ものう》げに新聞を下ろして、

「ああ、今度、来た人ね。とにかくいろんな会社があるから、訪ねて行って頭を下げて話を聞いて」

と言って、もういい、と顎《あご》を上げた。

その顎の先に、涼太の上司となる課長の川崎がいた。

「おれも今日、人事からきた。関連会社のリストがあるから見ておけ。今日からしばらく挨拶回りだ」

あ、先日異動の電話をかけてきた人だ。グループ会社の面倒を見るといったのは、この仕事のことを自分も含めて言っていたのだ。

さて、渡されたリストを見ると、なるほどいろいろな会社がある。ガス機器の補修会社やプロパンの販売会社があるのは当然として、不動産会社や住宅販売会社のほかに建設工事の会社、ビルの管理会社、警備会社、人材派遣会社、トラック運送、システム開発、保険の代理店に、病院や介護サービスの会社もある。

「この本瓦斯スポーツっていうのは、スポーツ用品の販売店ですか?」

涼太が何でも聞いてくれ、と挨拶してきた古株の久保先輩に聞くと、

「いや、それはフィットネスクラブ」

との答えが返ってきた。

「すみません。ついでに、この本瓦斯リビングというのは、家具屋さんですか?」

「インテリアもやっているけど、まあ、いろいろ」

とずいぶん曖昧《あいまい》な回答だった。

この四十社近くある関連会社の名前と、事業内容と、そこで働く人々の顔を覚えるだけで、まず四月は終わりそうな雰囲気である。

その日の午後から久保先輩の運転で、川崎課長と涼太は関係会社への挨拶と御用聞きを始めた。特に涼太の仕事は、トラブルシューター(問題の調停・解決人)というよりは圧倒的に雑用である。あれが足りない、これが壊れたといった相談から始まって、人の採用、備品の購入、ちょっとしたお金の出入りなどさまざまな相談がくる。ただ、今のところ、それがあまり深刻ではないので助かっている。もっとも、それは単に相談されなかっただけで、万事順調だったわけではないと気づくのは、しばらく先のことであ

る。

あっという間に四月が過ぎ、五月に入って涼太は急に英語の試験を受ける羽目になった。羽目になったというのは、本瓦斯では、今年の新入社員から全員受験必修となったTOEIC《トーイック》という英語の試験があり、入社五年目の社員まで希望者は受験してよいというお達しに、元人事部の川崎課長が敏感に反応したのである。涼太の意思も確かめずに、受験希望書を出してしまった。

「申請出しといたから、頑張れよ」

と言われて、試験会場に出向いた涼太だったが、いざ始めて慌てた。

最初の英会話のヒヤリングで、何を言っているのか、さっぱり聞き取れない。そうこうしているうちに、スピーカーから流れる英語の音声の方が、解いている問題よりもはるか先にいってしまい、今どの問題について話しているのかわからなくなった。頭に血がのぼったまま筆記問題に突入し、まったくできないまま時間切れである。

「いやあ、TOEIC久しぶりに受けたけど、勘が鈍っていてさんざんだったよ」

話す内容とは裏腹に冷静な顔つきで余裕を見せる後輩を尻目に、涼太は足早に試験会場を去った。

駅前の予備校の教室を借りた試験会場を出て、涼太が向かった先は、本瓦斯不動産の駅前支店である。酒井店長の顔を見て元気を出そうと思ったが、あいにく接客で事務所にはいなかった。そのまま店の前を通り過ぎて、繁華街の方へ向かった。

駅からデパートの裏にある支店の前を抜けてずっと進むと、鍛治町という小さいながら街一番の繁華街がある。そこに大型のゲームセンターがあった。

涼太は、特にゲームに興味があったわけではない。ただ、なんとなく日常から離れたい気持ちがあっただけだ。

日曜日の夕方とあって、ゲームセンターの前は行き交う人で賑《にぎ》わっていた。その入り口には、太鼓《たいこ》を叩《たた》くゲームがあり、若いカップルが音楽に合わせて太鼓のバチをふるっている。

「あ、これって、昔、得意だったやつだ」

大学生時代に付き合っていた彼女と都内のゲームセンターで、ときどき遊んだのを思い出した。たいして深い付き合いではなかったが、大学のクラスの同級生で名字が同じ佐々木だったのがきっかけで知り合い、たまに会って食事をしたり映画を見たりした。

自宅生だったその娘《こ》は、頑張って東京のマスコミに就職し、そして社会人になってからは、どちらからともなく疎遠になり音信不通となった。UFOキャッチャーで小さいぬいぐるみを二人でいくつも捕《と》ったが、あれはどうなったのだろうか。

またしても、昔の思い出が暗く湧《わ》き上がってきて、それを振り払うようにゲームセンターの中に入っていった。

そして、異様な人だかりを見た。

ふと店内に貼《は》られた看板を見ると、『対戦型ゲームブースオープン企画・eスポーツ*1公開イベント』と書いてある。その下に、いくつか番付表があり、最後の対戦相手が『メイリーVSジョー』と貼ってあった。

何のことかわからないまま、奥へ進むと、モニターを置いた独立した黒いブースが二つあり、その先にかなり大型の液晶スクリーンがあって、黒山の人だかりだった。ブースには、コントローラーをすばやく操作している人影が見える。一人は、茶髪のヤンキー風の若い男だった。その向こうを見ると、髪を後ろに丸く結《ゆ》わえた真剣な面差《おもざ》しの若い女の子の顔が見えた。やや童顔だが、くっきりとした目でモニター画面を見据え、口元をきつく結んでいる。丸く立った襟《えり》が真っ赤だと思ったら、なんとチャイナドレスだ。

その瞬間、わっと歓声があがった。

大型スクリーンに注目する。

ごつい筋骨《きんこつ》たくましい大男が、一気に中国娘との間合いを詰めると連続してジャブを見舞った。それをかがんで避けた娘の顔面に回し蹴《げ》りだ。その瞬間、中国娘が跳躍した。

その動きを読んでいた大男は、娘の胸元めがけて必殺の火炎弾を放った。万事休す、と思いきや、ほぼ同時に、娘は、赤いチャイナドレスの裾《すそ》を翻《ひるがえ》して、反転し、逆に回転蹴りを大男の顔に連続してぶつけた。慌てた大男が体勢を崩して避けようとするところに、稲妻《いなずま》のような光が走り、大男を吹き飛ばした。

ゲームオーバーである。

聴衆の興奮が冷めやらぬ間に、メイリーと呼ばれた赤いチャイナドレスの女性と、ジョーという茶髪のヤンキー男が立ち上がって互いに握手した後、聴衆に頭を下げた。

「全日本ランキングトップクラスのジョーを、ここ浜松で迎え撃ったメイリー、見事な勝利です」

ゲームメーカーが雇ったらしい司会者が、エキサイティングなレポートを続ける。メイリーと呼ばれた女性がマイクを受け取って挨拶した。

「皆さんのお蔭で、ジョーさんに初めて勝ちました。これからも応援よろしくお願いします」

深くお辞儀をしたときに広がったチャイナドレスの裾に光る金の刺繍《ししゅう》を見て、涼太は、これから何かが変わっていきそうな予感がなんとなく湧き起こるのを覚えた。

社長交代

ＴＯＥＩＣのスコアは、惨憺《さんたん》たる結果だった。九九〇点満点の三〇〇点台で三十人の社内受験者中、最下位から二番目だった。英語は、それほど得意ではなかったが、卒業旅行はイギリスに行き、ロンドンからバーミンガムまで一人旅をしてきた。それが、聞き取れないだけでなく、文章もまともに読み取れないというのは情けない。

そもそも情けないことばかりが最近続いている。

と、また内にこもって悶々《もんもん》と悩む日々の間にも、なんとか仕事はこなしていた。

「本瓦斯リビングって、カルチャーセンターもやってるんですね」

新しくできた関係会社のパンフレットを久保先輩と見ていた涼太は、おっと驚いた。

「料理教室にパソコン教室に英会話教室ですか。これ、同じビルに本瓦斯スポーツのフィットネスクラブも入っていますね。こっちは、ジムにスタジオにプール。駅のすぐ南側で、この近くですね」

「ガス会社にとって、料理教室や温水プールは大事なの。だって、どっちもガスを使うでしょ。ガスコンロだって売れるしね」

なるほどと頷いて、涼太はひらめいた。よし、英会話スクールだ。こうなったらマンツーマンレッスンだ。

その日の夕方、予約をとって行った英会話教室で、最初の体験レッスンを受けて、そのまま入学を決めた涼太は、珍しく気分が高揚《こうよう》していた。

「よし、ここまで来たら、フィットネスクラブも見学だ」

勢い込んで同じビルの下のフロアにあるフィットネスクラブの門を叩き、社員割引で早速入会した。

「ふうん、それで英会話とフィットネスと両方通っているわけ？」

久保先輩が枝豆をつまみながら、涼太に話しかけてきた。

五月の下旬になって、ようやく川崎課長はじめ涼太ら数人の四月入部組の歓迎会が駅前の居酒屋であった。一通り挨拶すると、後は単なる飲み会である。

「部長、それで六月の役員人事ですけどね。新社長は、唐沢《からさわ》専務の持ち上がりで決まりとして後任の専務ですが、やはり今の波岡《なみおか》社長のご令嬢の美奈子さんが、執行役員から一気に専務ですか？」

黒縁眼鏡《ぶちめがね》に髪を七三に分けた銀行員のような顔立ちの川崎課長が、赤ら顔を酒で一段と赤くした山下部長に話しかけている。

「いや、それはわからんぞ。美奈子さんは、まだ三十代だろ。ひとまず取締役にはなるとしても常務どまりじゃないか」

「すると、専務は、やはり静岡組ですか。今の常務クラスから上がるとして……」

「いや、平取《ひらとり》（平取締役）からの抜擢《ばってき》もあり得るぞ。総務部長の河津《かわつ》さんとか」

「ははあ、山下部長は、確か島田のご出身でしたね。河津さんの後とか、十分あり得ますね」

山下部長は、まんざらでもない顔で首を振った。

「いや、君。確かに島田は大井川の川向うだが、まあ傍流《ぼうりゅう》だよ、傍流」

酔っ払っているせいか、だんだん声が大きくなってきた。歓迎される立場として部長の近くに座らされた涼太も、わけがわからないまま聞き耳を立てる。

「うちはさ、もともと遠州瓦斯と駿州瓦斯だろ。それぞれの創業者が波岡家と唐沢家というわけだ。そもそも波岡家は浜松の豪商で、唐沢家は静岡の資産家。それが交代で本瓦斯の社長を務めるならわしさ。代々続いて、今の社長の波岡徳太郎は五代目で、この六月で引退して会長に退く。次に唐沢一樹《かずき》、今の専務が六代目の社長に上がる。一人二十年近く社長をやる。この社長交代に合わせて、役員も部長も浜松派と静岡派で一斉《いっせい》に入れ替わるという寸法さ」

久保先輩が横からこっそり教えてくれた。

「え、美奈子さんっていうのは?」

「今の執行役員秘書室長。波岡社長の実の娘で一人娘だ」

「ふうん、深窓《しんそう》の令嬢ですね」

「そうでもないかな。大学出た後、大手商社のエネルギー部門にいて、そこで知り合った旦那《だんな》の転勤に合わせて欧州の電力会社に転職。本瓦斯には、五年前に戻ってきて、初め原料調達の後、営業で実績上げて、今は秘書室。一通りこなして、評判は悪くないみたい」

「ご主人は、どんな方ですか？」

「ああ、旦那は東西電力の御曹司《おんぞうし》で、いま商社のＬＮＧ（液化天然ガス）担当のグループリーダー。東京と浜松に家があって、確か子どもが一人いる」

「久保さん、詳しいですね」

「社員五百人くらいの会社に十年以上いれば、誰でもこれぐらいのことは知ってるよ。今でも影の人事課長を自任している川崎課長に聞いてみろよ。この手の話なら一晩中語ってくれるよ」

なるほど、と涼太は妙に納得した。そう言えば、川崎課長は静岡の出身だ。本瓦斯は、本社は浜松だが、もう一つの重要拠点である静岡には本部がある。川崎課長が盛んに静岡に出張するのは、自分の社内人脈づくりの狙いがあるのかもしれない。

六月初旬のある日、涼太は、本瓦斯リビングの社員と楽器工場の前にあるクリニックに出かけた。社員が十人ほど急に食中毒にかかったので、助っ人を頼むとのＳＯＳである。

この種の依頼はきりがないので普通は断るが、食中毒と聞いて涼太も腰を上げた。新しくできたクリニックに大型のレンタル水槽《すいそう》を設置するという仕事である。手早く砂利《じゃり》を敷き、流木《りゅうぼく》と石と水草でレイアウトを作る。それから、水を入れ、濾過《ろか》装置を設置し、しばらく循環させて様子を見る。

「魚は入れないんですか？」

「まず、魚が住めるような水を作らなきゃダメだ。いま入れたら死んじゃうよ」

「あ、そうなんですか」

涼太は、思わず頷いた。いろんな世界があるものだ。

しばらくすると、白い麻のジャケットにグレンチェックのパンツを合わせたロマンス・グレーの男性が現れた。

「やあ、ご苦労さん。いい感じに仕上がったね。魚を入れるのが楽しみだ」

こちらが院長先生らしい。

「あ、ところで、さっきロータリークラブの会合で小耳に挟《はさ》んだんだけど、君のところの唐沢専務、昨晩倒れたんだって」

「えっ！」

先日、歓迎会で久保先輩の話を聞いていなければ、何の話かわからなかっただろう。今月末に本瓦斯社長に就任予定の唐沢専務である。

「宴会から帰って、家で倒れたと聞いた。詳しい話は知らないが、どうもいけないらしいね」

どう反応してよいかわからず、曖昧に頷いて、すぐに会社に戻った。


関連事業部は、異様な雰囲気に包まれていた。

山下部長は、相変わらず足を机の上に投げ出していたが、激しい貧乏ゆすりで机が鳴っている。

川崎課長は、ひっきりなしにあちこちに電話をかけていた。

「なんだ。何も聞いてないのか。それじゃ、わからんよ」

そのとき、ふとパソコンの画面を見た山下部長が、椅子《いす》からころげ落ちそうになって叫んだ。
「亡くなった。今、緊急メールが入った。唐沢専務が亡くなった！」

唐沢専務の葬儀は、ちょうど梅雨入りした日に静岡市内の大きな寺で行われた。涼太も応援に駆り出されて、駐車場係をやった。参列者の黒塗りの車を誘導し、帰るときは車を呼び出す。

ときおり激しく降る雨の中、同期入社で秘書室の最年少係員をしている笹原《ささはら》が、うやうやしく車のドアを開けて、傘を差しかけていた。参列者が車に乗り込むときは、頭をぶつけないように開いたドアに手を伸ばして、一人ひとりに丁重にお礼を言ってドアを閉めている。驚いたことに、何百人と参列者がいるのに、いま乗り込んだ人物が、どの会社の誰か、ほとんど把握しているようだ。笹原は浜松出身で、同じ高校の同級生だ。四年あまりの間に、自分と笹原との間に企業人として大きな差が生じているのを涼太は認めないわけにはいかなかった。

六月下旬に株主総会があり、現社長の波岡徳太郎が会長に退いて、その一人娘の波岡美奈子が後任の社長に就いた。あわせて、専務には静岡組のエースと名高い河津取締役総務部長が抜擢され管理本部長を兼務し、その後任にはやはり静岡組の長島執行役員。また秘書室長には浜松組から志田《しだ》執行役員が任命されるなど、大きな人事異動となった。

波岡新社長就任の翌日、社員を集めて訓示があった。涼太は、関連事業部が入る旧本社ビルの会議室のモニターで、美奈子社長の話を聞いた。

「これからエネルギー業界は、未曽有《みぞう》の競争環境に入ります。わが社も生き残るためには、大きく変革していかなければなりません。そのためには、組織も仕事の仕方も皆さんの意識もすべて変えていく必要があります。皆さんのお力添えを期待いたします」

張りのある声で強いメッセージを投げかける印象深い挨拶だった。もっとも、それが自分の仕事にどのように関わるか、涼太には、あまりイメージが湧かなかった。

第二章　ケーキ室キックオフ

経営企画室

七月に入って間もなく、涼太は川崎課長に呼ばれた。

「お前、急に異動になった。次は、本社のケーキ室というところだ。来週から、そちらに出社しろ」

「ケーキ室ですか。計器とかメーターとか管理する部署ですか？」

涼太が頓珍漢《とんちんかん》な質問をすると、川崎課長は鼻で笑った。

「経営企画室の略称だよ。総務部にあった企画室を外に出して社長直属にするそうだ。メンツも大幅に入れ替えて、ほとんど外人部隊で構成するらしい。関連事業部からも人を出せと言われて、お前に行ってもらうことにした。後任はしばらくこないが、久保がいるから、引き継ぎは久保と相談しておけ」

苦節五年目にして、ようやくオーシャンタワー勤務が回ってきた。ケーキ室と聞いて、思わずイチゴが乗ったショートケーキを連想した涼太は、何の脈絡もない甘い夢を描きつつ、慌てて机の整理を始めた。

その週末、涼太はフィットネスクラブに顔を出した。いつもはマシンで汗を流し、プールで軽く泳いで帰るメニューだが、今日は時間に余裕があるせいか、ヒップホップでも踊ろうと、スタジオを覗《のぞ》いてみた。

満員のヨガ教室のスタジオの奥に、一回り小さなスタジオがある。エアロビが終わり、まだ次のレッスンには、だいぶ間があるが、誰もいないフロアで少し身体をストレッチしようと足を踏み入れた。

誰かいるようだ。

タ、タタン、タタタン、タタッタン。

軽快なリズムが聞こえる。靴が床を弾《はじ》く音。

タップダンスだ。

鏡の前で一人の女性が踊っている。上半身を軽くスイングしながら、軽やかに足を踏み鳴らしている。すらりとした美しい足が伸びて、鞭《むち》のようにしなって床を打つと、ジャンプしながら、タタタンと連続して白い床板を蹴った。身体を大きくのけぞらせたかと思うと、しなやかに手が伸びて足が舞う。また床が鳴る。

ターン、タタン、タン。

甘美で完璧な踊り。隙《すき》がないが、余裕がある。切れが鋭く、それでいて遊びがある。アートだが、エンターテインメントでもある。

涼太は、ぼうっと見とれていた。

白く整った顔立ちに、背中の割れたダークグレイのレオタードが似合う。長い黒髪を淡いピンクの髪飾りで束ねて、腰にはベルト代わりに同じピンク色のスカーフを巻いている。

彼女は見られていることを知っているが、見られることに慣れてもいる。プロだ。きっとスタジオのインストラクターの一人に違いないが、見たこともないような超一流のタップダンサーが、なぜ浜松のフィットネスクラブにいるのかわからない。

一曲踊り終えて、ワイヤレスイヤホンを外しながら彼女が振り返った。一瞬魅了するような切れ長の目で涼太を見て、通った鼻筋の下、紅い唇《くちびる》からふうっと息を吐《は》いた。

涼太は、慌ててスタジオを出た。


彼女は、どういう人だろう？　と一晩思い返しているうちに、月曜日がきて、オーシャンタワーに初出勤となった。

オフィス棟の中層階に行くエレベーターに乗ると、ケーキ室のあるフロアで降りたのは、涼太のほかに男が二人。

一人は、やや長身の初老の男性。上質の紺《こん》のスーツを綺麗《きれい》に着こなしているが、ネクタイが少し派手だ。黒地に飛行機のプリント柄である。よく見ると、カフスボタンも銀の飛行機だ。

もう一人は、同年輩だが、中肉中背でがっしりした体つき。目つきが鋭い。ジャケットの下は、白い開襟《かいきん》シャツだ。

その二人の後に続いて『経営企画室（経企室）』という表示の看板が立った、窓のない会議室に入った。この周りは役員用の会議室で人影はない。

部屋の中には、女性が二人席に座っていた。

黒いスーツに白いブラウスの緊張した面持ちの若い女の子。

もう一人、紺色のスーツ姿のやはり若い女性が、こちらを振り向いた。やや童顔。目がくりっとしていて、かわいらしい口元。

あれ、どこかで見たことのある面差しだ。

再びドアが開き、涼太たちに一瞬遅れて、もう一人白いスーツ姿の女性が入って来た。

すらっと歩く姿が綺麗で、近づくと、かすかにしとやかなフローラルの甘い香りがした。

涼太は、驚いて目を見開いた。

昨日、完璧な踊りを見せたプロのタップダンサーだった。

「まもなく社長が見えます」

秘書室のスタッフが伝えると、すぐに美奈子社長がケーキ室（経企室）の部屋に入って来た。

四十歳の手前、つまりアラフォーと聞いていたが、年齢よりはずっと若く見える。綺麗な顔立ちだが、化粧は少し濃い。心なしか紺のスーツの肩が張って見える。連日の挨拶回りに加え、出張や会議で疲れているに違いない。

　話し始めると、やはり経営者としての威厳と落ち着きを感じさせる。

「私は、わが社の将来に強い危機感を抱いています。もちろんわが社には、先人の築いた素晴らしい伝統と立派な資産があります。しかし、まもなくエネルギーのシステム改革[*2]が本格化し、電力会社は『ガス&ライト』[*3]と称して、着実にわが社の市場を奪いにきます。それ以上に、これからはビッグデータ[*4]やＡＩ（人工知能）[*5]の活用でビジネス環境がどんどん変わって、エネルギー分野にもさまざまな業種の企業が競争相手として参入してくるでしょう。ＥＳＧ[*6]やＳＤＧｓ[*7]などが浸透し、温暖化対策もさらに進めなくてはいけません。

　当社は、これまで少しのんびりし過ぎていたように思います。皆さんには、わが社の経営革新の起爆剤になっていただきます。イノベーション[*8]の波を起こし、事業の飛躍的な発展を促すような計画を練って、それを実現していただきたいと願います。ここに六人のスタッフに集まっていただきました。もう一人、技術本部からも人を送ってもらうよう頼んでいます。早速、今日から始動してください。では、波多野《はたの》キャプテン、よろしくお願いします」

美奈子社長は、飛行機ネクタイの男性を波多野キャプテンと紹介した。

「波多野です。ニューヨークでファンドマネジャー[*9]をやっていましたが、縁あって、今日からこちらのプロジェクトに参画することになりました。どうぞよろしく」

そして、手元の名簿を見ながら、簡単にメンバーを紹介した。

「まず、こちらは天野《あまの》警部。静岡県警の元刑事ですが、情報収集のプロということでチームに加わってもらいました」

目つきの鋭い開襟シャツは元刑事か。なるほど、と涼太が頷くと、次にプロダンサーを指した。

「真白由紀さん。インベストメントバンカーでM&A[*10]の専門家」

えっ、タップダンサーとかミュージカル女優とかじゃないんだ。真っ白な雪って本名かな。由紀と雪を混同して慌てた涼太は、ちらっと由紀を見た。整った顔立ちに昨日と打って変わった清楚《せいそ》な装《よそお》いで、一〇〇パーセント正統派の美人キャリアウーマン。二十代後半、いや三十ぐらいかな。でも今日の雰囲気は間違いなく触れれば切れるバンカーだな。この人は、一体いくつの顔を持っているのかな、と一人で自問自答した。

「関連事業部出身の佐々木涼太君」

涼太は、慌てて立ち上がって頭を下げた。

「総務部の企画室からきてもらった桜井ひとみさん。財務分析が得意と聞いている」

思い出した。この子とは、この前、ゲームセンターで会った。対戦型ゲームで優勝したチャイナドレスのメイリーだ。

「それに、今年新人で入った安藤マリアさん。人事部から引っ張ってきた。以上六人に、来月遅れて技術本部から村瀬君がジョインする」

えっ、同期の静岡組の村瀬がくるのか。いつも偉そうに威張っている、いやなヤツだな。

顔合わせが終わると、波多野キャプテンが早速、指示を出し始めた。

「警部は、静岡県東部の都市ガス業界を調べてくれ。具体的には、静岡の東側、清水《しみず》から富士、御殿場《ごてんば》を地盤とする清水ガス、沼津《ぬまづ》、三島《みしま》から熱海《あたみ》、伊東、下田をカバーする伊豆《いず》ガスの二社だ」

「由紀は、海外のエネルギープロジェクトへの投資案件を探[*11]ってくれ。狙い目は、東南アジアの発電プロジェクト。それからアメリカのシェールガスの開発会社だ」

「ひとみと涼太は、子会社、関係会社の一覧表を作り、収益率や本体とのシナジー効果*12を分析してくれ。特に本瓦斯病院と本瓦斯ヘルスケアの二社は要注意だ」

「私とマリアは、当社の中期経営計画を練り直し、あわせて長期ビジョンを策定する」

「さあ、ぱっとやってくれ」

波多野が言うと、天野警部がにやっと笑った。

「キャプテン、出ましたね。ぱっと」

「そう、ぱっと目標を決め、ぱっと取りかかって、どんと成果を出す。『ぱっ、ぱっ、どん！』だ」


こうしてケーキ室の仕事がスタートした。

涼太は、自分がなぜ関連事業部からケーキ室にきたか、ようやく理解した。ようするにグループ会社経営の見直しである。幸いに社長から総務部経由で、ケーキ室の作業には全面的に協力するように関係部署には指示が行き渡っていた。さらに久保先輩があちこちの関係会社に声をかけてくれて、予想外に早くデータを集めることができた。

「なるほどね。安定的な収入を上げているのは本瓦斯不動産ぐらいで、建設工事会社や住宅販売会社は、年によってかなりアップダウンがあるな。ガス機器の販売会社や補修工事の会社は、本社のガス事業とは当然シナジー効果があるから、これは良し」

涼太は、ひとみと関係会社の資料を整理すると分析を始めた。

「ビル管理会社とか警備会社とか、なんとか黒字維持だね。やはり、フィットネスクラブとカルチャーセンターは苦しいか。大家の本瓦斯不動産に家賃を負けてもらっても水面下だ」

ひとみの資料作成と分析のスピードは速い。利益率の横並び表など、あっという間に作ってしまう。

「でも、金額はたいしたことないわ。広告宣伝と社会貢献を兼ねた文化事業と思えば、それほど深刻ではないかも」

「むしろ、介護事業って難しいのね。ニーズはあるのに、収益的にはギリギリだから」

「それよりも病院だ。こちらは毎年億単位で赤字を出して本社が補填《ほてん》している」

「でも、介護も医療も大事よね。特に地方は、これから高齢化社会だし」

「確かに、そりゃそうだな」

涼太は、結局、それぞれの事業には本瓦斯の関連事業としての一定の価値があると、ひとまず結論付けて、ケーキ室で発表した。


「ほう、それで」

一通り聞いた波多野キャプテンは続きを促した。

「いえ、ですから、経営効率化の余地はありますが、それぞれの事業の意義はあり、役割を果たしていると」

波多野は首を振った。

「あのさ、この前の社長の話、ちゃんと聞いてたの？　経営を革新するのがわれわれのミッションなんだぜ。まず、ゼロベースで見直すのが基本だろ」

波多野は、続けた。

「最初に、単体の利益率の数字で切る。次に本社と協働して稼ぐシナジー効果の数字で切る。さらに広告宣伝とかグループ全体の政策効果も数字に換算して切る。で、切られて残ったところにはメスを入れる」

涼太が黙っていると、波多野は、ひとみの方を見て聞いた。

「本瓦斯病院のベッド数は？　その稼働率は？」

「八十床で、五割ちょっとです」

「急性期、それとも慢性期？」

「もともと急性期がメインでしたが、近年は慢性期が増えています」

「外来患者に占める当社の社員は？」

「一五パーセント以下です」

「入院患者は？」

「現役職員という意味でしたらゼロです。職員の家族でしたら一〇パーセントほど」

「じゃあ、逆に当社の社員の何パーセントが、あの病院を使っているの？」

「正確なデータはありませんが、ヒヤリングした感じでは五パーセント未満かと」

「それで、当社の福利厚生の要《かなめ》といえるの？」

ひとみが黙ってしまったのを見て、慌てて涼太が助け舟を出した。

「しかし、あの病院は、当社のコージェネレーションシステム*13を入れています」

「ふーん、じゃ、エネルギーのスマートマネジメントシステム*14は？」

「いや、そこまでは導入していません」

「つまり、あの病院は、設立された戦後まもなくの時期は日本全体に医療が行き届かない中で、当社社員の福利厚生の中核施設だった。それが時代の変遷とともに、医療の質も高度化し多様化し、社員も最寄りのクリニックや近代的な大型病院を頼るようになった。会社もそれを見て追加投資を絞《しぼ》り、施設は経営面も含めて次第に顧《かえり》みられなくなっていった」

「でも、立地は駅のすぐ南側、歩いて五分です。それに、社員はともかく、やはり地域にとっては大事な施設かと」

関連事業部にいた涼太がプライドを見せて食い下がると、波多野は、にこっと笑った。

「そこだよ。だから、あの施設をもっと生かす方策を考えたらいい。何も本瓦斯グループにいることが病院を生かす唯一の道じゃない。もっと、有効活用してくれる持ち主を探すことも考えるべきだ。それに、そこで働く医師や看護師の雇用やモチベーションも大事だ」

なんだ、潰《つぶ》して更地《さらち》にして売るわけじゃないのか。

涼太は、少しほっとした。

波多野は、また質問を始めた。

「この、介護サービスの会社、本瓦斯ヘルスケアは、なんで赤字なの。需要もあるし、介護は、いわゆる法定料金なんでしょ」

「人手不足です。介護士の方の定着率が悪く、特に最近は毎月何人も辞めているので、補充がきかず、サポートするお年寄りの数をデイサービスも訪問介護も絞っています」

「給与は、近隣の施設に比べて低いの？」

「いえ、ほぼ同水準です。ただ、全国展開している大手の介護サービスの会社に比べると見劣りします」

波多野は、改めて決算数字を見て何度か頷いた。


七月も後半に入ると暑い日が続いた。そのような中で、初めてケーキ室が提案する議案を審議する経営会議が開かれた。

参加メンバーは、会長、社長、専務以下の社内取締役、常勤監査役らである。涼太は、メモ取りとして議場に入った。

波多野が議案を説明する。

「まず、当社の経営理念につきましては、『静岡県中西部に根差した総合生活企業として豊かな地域社会の実現を目指す』となっておりました。これを次の通り変更したいと思います。『わが国を代表する総合エネルギー企業として持続可能で豊かな社会の実現を目指す』」

あらかじめ議案は示されていたはずだが、会議の場では出席者から案の定ざわめきが漏れた。

「これを具体的に進めるため、中期経営計画を新たに策定し直し、連続的な施策と非連続的な施策の両方を進めます」

「具体的には、ガス事業の効率化と顧客満足度の向上をＩＴ（情報技術）の積極的な活用によって進めます。いわゆるエナジーテックの推進です。これが連続的な施策」

これには、出席者も異論はない様子だった。

「次に、非連続的な施策です。まず、当社グループ企業の見直しをします。具体的には、本瓦斯病院と本瓦斯ヘルスケアの二つを売却します」

波多野が言ったとたんに、美奈子社長の隣にいた河津専務が思わず手を挙げた。

「ちょっと待ってくれ。経営理念を変える、祖業への回帰だ、と。その十分な論証もしないまま、いきなり何十年も世話になった病院を売るというのは、性急過ぎやしないか」

　波多野は頷いて、答えた。

「確かに性急に感じられるかもしれません。しかし、エネルギービジネスの市場環境の変化の波は、すぐそこまできています。しかも、とてつもなく大きな波です。スピード感を持って、有効な手立てを次々に打っていかないと間に合いません」

「じゃあ、聞くが、病院と介護の売却が、なぜ有効なんだね？」

「新たな経営理念は、当社のコアビジネスたるエネルギーへの集中を謳《うた》いました。当社の経営資源は、無尽蔵ではありません。使い古された言葉ですが、今こそ『選択と集中』が重要です。また、次の拡大戦略に打って出るには、財務体質を改善し、手元資金を潤沢に持つことが大切です。病院を手放すことで赤字出血をなくし、介護ビジネスを売ることで数十億円の売却益と資金を得ることができます」

　別の役員が尋ねた。

「じゃ、その金を何に使うのかね？　現預金で寝かせておくのか？」

「いえ、違います。その資金を使って、隣接するガス事業会社を買収します。まず、清水ガス、次に伊豆ガス。さらに、愛知ガスです。これでようやく、電力会社と競争できる最低限の体勢が整います。その後は、東の東西電力と提携し、西の本州電力を攻めます」

急に、何人もの役員同士が顔を見合わせた。

「おいおい、愛知ガスは大手三社の一角だ。うちのような中堅ガス会社が買える相手じゃない。それに、本州電力と争うなんてことができるわけがない。せいぜい共存共栄を認めてもらうのが関の山だ」

「いえ、小が大を食うM&Aは、いくらでも例があります。ようは、資金力と経営力です。もちろん簡単ではありません。スキームも含め相当知恵を絞る必要があります」

ここまできて、出席役員は全員が黙ってしまった。

しばらく静かな時間が流れた。

おもむろに、先月まで社長だった波岡徳太郎会長が口を開いた。

「本業回帰はいいが、そもそも当社は、新たな事業の柱をつくろうとして顧客に近い生活分野で多角化を図ってきた経緯がある。この先、何があるかわからない。いくつか事業の柱を持っていないと、経営は危ないぞ」

波多野は頷いて答えた。

「おっしゃる通りです。ですが残念ながら、いま展開している企業群には新規事業の柱となるものが見当たらないようです。これは、このたび各社の経営データを極めて詳細に分析した結果から言えます。むしろネットとモノがつながるＩｏＴ[*15]の中で、ビッグデータやＡＩとエネルギー事業を融合させて、当社の強みとなるビジネスを新たに構築していくことが肝要かと思います」

「わかった。いいだろう。ただ、介護ビジネスはともかく、病院の方の売却はちょっと考えさせてくれ。時間は取らせない。……さて、社長はどうですか？」

波岡会長に促され、初めて美奈子社長が発言した。

「私が経営企画室を設置し、いま説明させたようなプランを作成させたのは、当社の経営の先行きについて大変な危機感を毎日感じているからです。地域独占と総括原価方式[*16]で守られた時代は去りつつあります。なんとかわが社の経営を変革させて企業価値を高め、次の発展に向けた土台を築いていきたいと切に願っています」

こうして経営会議は、新たな経営理念とグループ会社再編案を採択して、散会となった。

清水ガス

八月に入って村瀬がチームに加わった。しかし、始動して最初の一カ月のケーキ室の仕事の進捗《しんちょく》はすさまじく、村瀬は「ケーキ室」という特急列車に飛び乗ろうとして飛び乗れない様子だった。

「介護ビジネスは、ファイナンシャルアドバイザー*17を雇って入札方式*18で売ろう。こちらは、由紀に任せる。むしろ病院の方が厄介《やっかい》だな。ひとまず、これはと思う浜松市内の医療法人をいくつか当ってみるか。警部、ひとみと組んで回ってくれ。くれぐれも売却情報が独り歩きしないように、慎重にやってくれ」

波多野が、てきぱきと指示を出し始めた。

「さて、涼太。今度、美奈子社長のカバン持ちで清水ガスの岩沼社長に会いに行くが、お前も一緒に来いよ」

涼太は、波多野に言われて、少しびっくりした。いつの間にか、社長の随行として出張ができるようになったわが身を振り返り、戸惑いながらもちょっと胸を張りたくなった。

社長に先行して静岡に行くことになり、波多野と新幹線に乗った。実は、涼太はこの機会に波多野に聞きたいことがたくさんあった。

「波多野さんは、なんでキャプテンって言われているのですか？」

隣り合った席でいきなり涼太に聞かれ、波多野は苦笑した。

「もともとパイロットだったからさ」

今度は、涼太が驚いた。

「え、ファンドマネジャーじゃないのですか？」

「いや、その前の話だ」

「じゃ、エアラインのパイロットですか？」

「ま、そうだが、その前は戦闘機を飛ばしていた」

「それは、日本国内ですか？」

「そう、すぐそこだよ。航空自衛隊浜松基地。そこで、Ｆ４ＦファントムをPA修したＦ４ＥＪに乗っていた」

「展示飛行のブルーインパルスですか？」

「いや、そこまではいかない。三十過ぎた頃に辞めた」

「でも戦闘機のパイロットになるのって難しいんでしょう?」

「まあな。腕の良さで言えば、一番が戦闘機で二番手がヘリ。後は輸送機とか」

「聞きづらいことですけど、どうして辞めたんですか?」

一瞬、波多野が口ごもった。

「僚機《りょうき》が事故で遠州灘に不時着したのを目《ま》の当たりにして操縦するのが怖くなった。そうなるとG(操縦する際に受ける強い重力)も辛くて我慢できなくなった」

「それで、どうされました?」

「エアラインパイロットになった。海外に行きたかったから、アメリカに渡った」

「アメリカの航空会社ですか?」

「そう。コパイ(副操縦士)からキャプテン(機長)になった頃に、会社の経営が傾き、ファンドに買収された。そのファンドから送り込まれた新しい経営陣に見出されて、操縦からマネジメントに転向した。わかりやすく言うと、経営陣と乗員組合の橋渡しをやった」

「日本人が、アメリカの航空会社の乗員組合と交渉するのは大変でしょう」

「そりゃ、そうさ。おれは、基本的に乗員寄りだったが、それでも乗員側の無理な要求は拒絶した。英語もそれほど得意じゃなかったから、何度も厳しい目にあった。でも、リスクの大きさだったら戦闘機に乗る方が上さ。いざとなれば、スクランブル（緊急発進）してドッグファイト（空中戦）だからな」

「それで、ファンドマネジャーですか？」

「そう。ファンドに使われるより、ファンドを動かす方が面白い」

「でも、なぜ浜松へ？」

「浜松の実家の父親が倒れたから。ちょうど自分の管理していたファンドの投資の切れ目とタイミングが合ったので、ここに介護に戻った。おやじは今も入院中で、おれは病院の近くの実家に住んでいる」

「ご家族は？」

「アメリカ人の妻がいたが、しばらく前に別れた。子どもはいない」

波多野は、さすがにうんざりした顔で言った。

「身辺調査は、そろそろ終わりにしようぜ」

涼太は、申し訳なさそうに付け加えた。

「でも、どうして本瓦斯の仕事を受けたんです？」

「うちの父親経由で徳太郎会長に頼まれた。おやじは会長と昔から親しく付き合っていたみたいだ」

「天野警部とは？」

「昔の自衛隊時代からの知り合い。若い頃、東名高速道路で事故を起こしたときに、ずいぶん世話になった。そのときは、交通課にいたが、後に刑事になった。久しぶりに連絡をとったら、もうすぐ定年だと聞いて、チームに入ってくれと声をかけた」

「由紀さんとは？」

「ファンドマネジャー時代に、彼女の勤める投資銀行をアドバイザーで使って、何度か一緒に仕事をした」

「でも、なんで彼女は浜松へ？」

「M&Aの専門家がほしくて、おれが頼み込んだ。たまたま東京のある大使館のパーティーで彼女を見つけて誘ったら、幸いにもきてくれた。どうやら、勤めていたアメリカの投資銀行のチームが丸ごとリストラされて、日本に帰ってきていたらしい」

「彼女って、もともと女優かモデルですか？」

「そのあたりの話は本人に聞けよ」

波多野は、そう言って会話を打ち切った。ちょうど列車が静岡駅に到着するタイミングだった。


本瓦斯の静岡本部ビルに入って、波多野と一緒に取締役静岡本部長以下、主だったメンバーに挨拶した。当たり前だが、涼太は、まったく相手にされなかった。

そこへ、浜松にいる天野警部から電話が入った。グッドニュースとバッドニュース、両方の連絡だった。

グッドニュースは、本瓦斯病院を受け入れてもよいという医療法人が見つかったとのこと。しかも、本瓦斯病院とは一キロと離れていない至近距離の大規模な総合病院を運営している。

バッドニュースは、本瓦斯病院の七十半ばの院長が
「おれの目の黒いうちは、絶対にこの病院を手放すようなことはさせない」

と病院売却の打診に行った人事部長にきつく言い放ったということである。

これは、想定内ではあったが、重いボディブローだった。

美奈子社長が秘書室の笹原と一緒に静岡本部に着いたのを出迎えて、波多野は早速作戦を練った。

「申し訳ありませんが、院長の件は、社長か会長にお出ましいただくしかありません」

波多野が言うと、社長も頷いて言った。

「私が言っても話を聞くかどうか……。父に説得を頼んでみます。院長は、確か父と高校の同級生だったと思います」

波多野は、やや表情を明るくして言った。

「先日の会議で、会長が少し時間をくれ、とおっしゃったのは、このことだったのですね。ま、これはある程度時間をかけるしかありません。ところで、これからお会いいただく、清水ガスの岩沼社長の件ですが……」

波多野が話し出したところで、彼のポケットの携帯電話が振動するのが聞こえた。

「失礼」

と言って、電話に答えた波多野の表情が見る見る曇った。電話を切ると、硬《かた》い表情のまま美奈子社長に低い声で伝えた。

「すみません。先ほど父が亡くなったと、大阪から病院に駆け付けた兄から電話がありました。私も至急、浜松に戻りたいのですが」

美奈子社長は驚いて言った。

「それは突然のことで、本当にご愁傷様《しゅうしょうさま》です。どうぞ、すぐお帰り下さい」

「夜の宴席も失礼することになりますが、例の件、折を見て社長から切り出してみて下さい」

「わかりました。岩沼社長の様子を見て、話せるようなら話してみます」

その後、清水ガスの岩沼社長へ挨拶に行く美奈子社長の随行として、涼太は、波多野の代わりに、秘書の笹原と一緒に会社の車に乗り込んだ。

清水ガス本社の社長応接室。ビルの窓から夕焼けの空に大きく富士山が見える。

席に着いて間もなく、岩沼社長が一人で応接室に入ってきた。恰幅《かっぷく》の良い老紳士だが、地方財界の有力者というオーラを感じる。本瓦斯側は、美奈子社長と涼太の二人で、笹原は応接フロアの控室で待機していた。

「やあ、お待たせしました。わざわざお越しいただいてすみません。唐沢さんの葬儀でお目にかかって以来ですな。何度かアポイントのお申込みをいただいていたのを秘書から聞いておりましたが、例の協会主催の海外視察の後、体調を崩して人と会うのを控えておりましてね。改めて、社長ご就任おめでとうございます」

岩沼社長が、立ち上がった美奈子社長に声をかけると、美奈子社長も丁寧に名刺を差し出して挨拶を返した。

「いえ、こちらこそ、きちんとご挨拶に参上するのが遅れて大変失礼しました。改めまして、今後ともどうぞよろしくお願いいたします」

席に座るよう勧められて、慌てて涼太も名刺を出した。

「経営企画室の佐々木と申します。よろしくお願いいたします」

「こちらこそ。岩沼です。よろしく」

岩沼社長も鷹揚《おうよう》に名刺を出してくれた。

「すみません。本来、経営企画室長の波多野をご紹介しようと思っておりましたところ、急に家族に不幸がありまして」

席に座ったところで、美奈子社長が詫《わ》びると、岩沼社長が大きく頷いた。

「ああ、そうそう。波多野さん、ファンド業界では著名な方らしいね。本瓦斯さんのところにいらっしゃると聞いて、一度お話を伺《うかが》おうかと思っていました」

「それで、この後の宴席も、せっかくご招待いただいたのに、出席がかないません」

「あ、そうか。しかし、若い女性と二人きりで料亭で食事というのも、ちょっと気が引けるな。佐々木さんとおっしゃったかな。あなたも、よろしければどうぞ」

涼太は、突然の誘いに何と答えてよいかわからず一瞬とまどった。

「すみません。それでは、お言葉に甘えて二人でお伺いさせていただきます」

美奈子社長が答えて話がまとまった。

その後は、ガス業界の経営課題に関する当たり障《さわ》りのない意見交換が続いた。

「来年から、いよいよ電力の小売りが自由化[*19]されて、その後はガスの販売も自由化されます。電力・ガスの小売りが全面自由化されると、需要家は選択肢が増えていいのでしょうけれど、売る方は大変ですわ」

美奈子社長が話題を振ると、岩沼社長も答えた。

「まあ、震災後、原発の再稼働が覚束《おぼつか》ない中で、電力会社も、ずいぶん苦労していますがね。われわれと違って体力があるから、あっという間にエネルギー市場を席巻《せっけん》するだろうね」

「やはり、電力の小売りには参入されますか？」

「この前の株主総会で質問が出て、検討していると答えましたけどね。大規模な発電所を持っているわけでもないし、太陽光や風力といった再生可能エネルギー*20は当然やるとしても、どこまで展開できるかが問題だな」

「そうですね。マーケティングも必要ですし、従業員の教育も重要です」

「確かに。人材も豊富な大手三社はともかく、われわれのクラスだと、めりはりをつけないと厳しいね。逆に、もっと小さければ地域密着で特色を出して生き残るしかないと腹をくくれるのだが……」

話がいったん途切れたところで、場所を変えて、清水から静岡に少し戻ったところにある老舗《しにせ》の料亭で会食となった。


少しお酒が入って、美奈子社長の目元がほんのりと色づいた。岩沼社長もやや饒舌《じょうぜつ》になったが、病み上がりということでアルコールをセーブしている様子だった。涼太は、最初だけビールをついで、後は聞き役に回った。

「しかし、唐沢さんが倒れられたときはびっくりしたが、美奈子さんが立派に社長を引き継がれて、徳太郎会長もほっとされただろうね」

「いいえ、父からも岩沼社長には大変お世話になったし、これからもぜひよろしくとお伝えするように言われて参りました」

「ふむ。それにひきかえ、うちの一人娘は、清水には盆暮れしか顔を出さないからな」

「あら、峰子さんは、医療の分野では大層なご活躍ぶりと知り合いのドクターが噂しているのをよく聞きますわ。若くして難しい移植手術を成功されて、その後も女性外科医として最先端の医療現場でご活躍とか。それにご主人も先日iPS細胞（人工多能性幹細胞）を使った手術に関するインタビューを受けていらっしゃるのをテレビで拝見しました」

美奈子社長が言うと、岩沼社長がふうっとため息をついた。

「今日お見えになったのは、その話をするためなのかな？」

「その話というわけではありませんが、せっかくの機会ですので、今後の両社の協力関係に関してお話をお伺いしたいと思いまして」

「うちのLNG基地から貴社にガスを供給するパイプラインは、予定通り完成してうまく稼働しているようだね。それに人材交流も進んでいる」

「ええ、大変感謝しておりますわ」

美奈子社長がお礼を言うと、場はいったん静まり、箸《はし》で料理をつまむ音がしばらく続いた。

「ご存知の通り、うちは、石油ガスから天然ガスへ熱量変更[*21]を進めているたまたまその時期に、田子《たご》の浦で事故を起こしましてね。その復旧と熱量変更の工事が重なって、非常に厳しい時期が長く続きました」

岩沼社長が、おもむろに話し出した。

「幸いお客さんに助けられ、従業員も頑張って、なんとかコンビナートも元通りに直し、熱変も無事終えたが、だいぶ債務が残った。それで、銀行取引も、本瓦斯さんとは違って今でも私の個人保証ですよ」

美奈子社長は頷いて耳を傾けていた。

「私も最近、体調もいま一つなので、本瓦斯さんが代替わりしたのを見て、いろいろ考えましてね。さっきお話ししたように娘の峰子は医療の世界に入ってしまったし、孫はまだ小さい。甥《おい》っ子が清水で港湾関係の仕事をしているのですが、個人保証のことを話したら及び腰でね。後は、今の経営陣に株を譲るか、ということだが、彼らにそれだけの資金を用意しろ、というのもちょっと酷だと……」

「ええ、わかります」

美奈子社長は静かに頷いた。

「お父上の徳太郎会長には、何かあったときは助け合いましょう、と若い頃からお互いに声を掛け合ってきたものでね。だから、もしその気があるのなら、本瓦斯さんに私の持っている清水ガスの株を譲ってもいいと思っている」

美奈子社長も、涼太も黙って聞いている。

「ただし、清水ガスの名前を消すわけにはいかない。清水財界の手前もあるし、従業員のモチベーションにも関わる。だから、少なくとも五年、いや十年はブランドを残すこと。それに今の顧客との取引と従業員の雇用は、きっちりと維持してもらわなければ困る。こんなところで、どうかな？」

岩沼社長の言葉に、美奈子社長は深く頭《こうべ》を垂《た》れた。

「ありがとうございます。いただいたお言葉を胸に、早急に社内をまとめて参りたいと思います」

「そう、じゃよろしく。またお父上ともゆっくりお会いしたいね」

岩沼社長は、そう締めくくると、車を玄関に回すように、店の女将に告げた。

お葬式

波多野キャプテンの父の葬儀は、近親者だけで済ませると当初は言っていたが、結局、徳太郎会長をはじめ本瓦斯の関係者も多く出席する立派なものとなった。天野警部などケーキ室のメンバーも揃《そろ》って焼香《しょうこう》を済ませたが、その後、警部と由紀ら急ぎの仕事を抱えているスタッフはオフィスに戻り、涼太は、村瀬とマリアと葬儀場の近くの喫茶店に入った。

「涼太先輩と話すのって、初めてかもしれない」

マリアが先輩と呼ぶのを誰のことかと一瞬見まわした涼太は、小麦色のいかにも健康的な顔立ちをしたマリアの澄《す》んだ眼差《まなざ》しが自分を直視しているのを見て、少し慌てた。

「先輩って、高校の？」

「高校も、大学も、です」

マリアが答えると、横から村瀬が割り込んだ。

「涼太、知らなかったの。マリアって、お前の大学の去年の準ミスだぜ」

相変わらず、情報量で村瀬に負けている、と涼太は少し焦って言った。

「え、学部は？」

「法学部。先輩は経済学部でしょ」

「よく知っているね。でも、マリアって、いい名前だね」

自分でもまずい話題の展開だと思いながら、涼太は会話をつなげた。

「よく言われるけど。両親がカトリックの信者さんだし、ブラジルで生まれたから……」

「え、もしかしてハーフ？」

「それもよく聞かれるけど。残念でした、純国産！」

この子のノリ、面白いかもしれない。

「ふーん、いつまでブラジルにいたの？」

「幼稚園までサンパウロにいて、それから日本に帰って浜松の小学校に入って、中学はフィリピンのマニラで過ごして、高校でまた浜松。ほら、親が車やオートバイの会社とかに勤めていると結構、海外赴任とか多いのよ。友達とかも、アメリカはもちろんだけど、インドやインドネシアに住んでたっていう子もいっぱいいるし」

なるほどね。浜松は、市の人口に占めるブラジル人の比率も高いが、帰国子女の割合もかなり高いかもしれない。それに引き換え、自分は大学四年生の卒業旅行で、初めて飛行機のシートベルトを締めたドメスティック（国内）派だ。

「涼太先輩って、由紀さんのこと、気にかかって仕方がないみたい」

やはり、女の勘は鋭い。

「まあね」

と言葉を濁《にご》すと、また村瀬が割り込んだ。

「あの人すごいよな。廊下《ろうか》で彼女を見かけた人、みんな振り返る超美人だもんな。仕事の集中力もすごい。ヘルスケア会社の売却の件、ほとんど一人で取り仕切ってる」

「引っ切りなしにかかってくる日米両方の電話の応対をヘッドフォンでこなしながら、すごい勢いでパソコン打って、しかも疲れた顔一つ見せず、ファッションセンスも抜群」

マリアも同調して付け加えた。

「今度、お盆休みを一日もらって、由紀さんとひとみさんと三人で浜名湖の北にある舘《かん》山寺《ざんじ》温泉に一泊して女子会やるんだ」

ふーん。すごく合流したいが、女子会じゃ諦《あきら》めるしかないか。涼太が思っていることを村瀬も思ったらしい。ふうっとため息をついている。

「じゃあねっ」

友達との約束があるというマリアと別れると、今度は村瀬に飲みに誘われた。あまり一緒にいたくない相手だが、同じセクションの同期だし、ここで断ると角《かど》が立つ。

「ひとみって、入社年でうちらの一つ後輩だぜ。磐田《いわた》出身で浜松にある国立大学の工学部を出て、財務分析が得意といってるけど、本来はＩＴシステムとかプログラミングの専門家」

あ、そうなんだ。たいした情報通だな。

「由紀さんて、うちのオフィスの上層階にある高級ホテルに住んでいるらしい。お嬢様なのかも。お父さんが外交官で、どこかの大使という噂もある」

え、知らなかった。なんだ、こいつ、おれより詳しい。

「と、そこまで教えてやったんだから、おれにも一つ教えてくれよ」

村瀬が、ビールジョッキを脇において、顔を近づけてきた。

「この前、美奈子社長と一緒に、清水ガスの岩沼社長に会いに行っただろ。どんな話だったか教えてくれよ」

酒臭い村瀬の息に顔をそむけながら、そういうネタをほしがっていたんだ、と納得した。

「いや、社長就任の挨拶に行っただけだよ。よろしくって言っていた」

「でも、宴席も用意されていたんだろ。少しは踏み込んだ話もあったんじゃないのか？」

「確かに今後の協力関係の話は出ていたな」

「ははあ、うちの社長、株買いますってオファーしたのか？」

「いや、そこまでは……」

「……やっぱり、したんだな。それで向こうの反応は？」

「いや、だから……」

酔っ払った村瀬は、どんよりした眼で涼太を睨《にら》みながら、何度も首を縦に動かした。

「はっきり否定しないところをみると、一〇〇パーセント拒絶というわけでもなかったってことか。なるほどね」

青白く光る村瀬の顔を見て、涼太は急に疲れを感じた。

「じゃあ、また明日」

まだ飲み足りない様子の村瀬を尻目に、涼太は居酒屋の会計ボタンを親指で勢いよく押した。

葬儀の翌々日から波多野が出てきて、ケーキ室は再び全力疾走の状態に戻った。

「由紀、ヘルスケアの売却の件、どこまで進んだ？」

「これはと思うM＆Aアドバイザリーファーム[22]五社ほどに声をかけて、ビューティーコンテスト[23]をやって各社の提案内容を横並びで比較検討しました。その結果、ファイナンシャルアドバイザーを一社選定しました」

「買収希望者のリストアップとＩＭ（インフォメーション・メモランダム[24]）の作成は？」

「買収希望者は二十社ほど候補先をリストアップして、すでに電話でのアポ入れを始めています。ＩＭも完成し、希望者に配付できる状態にあります」

「いいね。どれぐらいで売れるかな」

「手元の計算では、企業価値三〇億円ほどですが、できれば四〇億から五〇億円では売りたいと思います」

波多野は頷くと、天野警部の方を見た。

「この前、本瓦斯病院の買収に興味を示した医療法人の浜松厚生会、その後コンタクトとってる?」

「ええ、先方の理事長にも会いました。はっきりと関心があるとおっしゃってまして、事務長に具体的に話を進めるように指示を出していました」

「あちらの病院の評判は、どうですか?」

「いいですね。厚生会の病院は、駅に一番近い総合病院ですが、救急車の受け入れにも積極的ですし、スタッフのモチベーションも高く、患者の評判も上々です」

「病院の買収となると市の認可もいるけど、こちらの見込みは?」

「やってみなければわかりませんが、過去の実績を見ると、今回のケースは何とかいけると思います」

「よし。じゃあ、次にプロジェクト・ロッキーいきますか。由紀と涼太とひとみは別室へ。後は、村瀬は東南アジアの電力事情を調べて、投資できそうなプロジェクトを探す。マリアは、アメリカのシェールガス、特にテキサス州の開発状況を探ってくれ。二人とも由紀に教えてもらって、どんどん作業を進めてくれ」

波多野が急にコードネーム[*25]を使った。しかし、涼太にはピンときた。清水ガスの社長の名前は岩沼。英語で言うとロック・ポンド。頭をとってロッキーだ。

ケーキ室には、室内に別室と呼ばれるガラス張りの会議室が一つある。外から中の人の姿を見ることはできるが、声は聞こえないし、ホワイトボードの文字も読めない。波多野が特に用意させたもので、チーム内でも情報管理に気をつける案件は、この部屋を使うことにしていた。

「プロジェクト・ロッキーだが、徐々に動き出してきたので、本格的にフォローしていきたいと思う。両社の経営を統合する計画をつくっていく仕事は、私が美奈子社長と相談しながら、社内に専門のチームを立ち上げて進める。涼太とひとみは、由紀に指導してもらって、清水ガスの企業価値を評価してほしい。本来、アドバイザーに依頼する仕事だが、まず手元に数字を持っておきたい」

波多野の指示にひとみと涼太が大きく頷くのを見ると、さらに波多野はひとこと付け加えた。

「本件は、情報管理に十分気をつけてほしい。先方にとっては事業承継の非常に気を使う案件だが、当社にとっても、とりわけ慎重に扱うべき案件だ」

その言葉を聞いて、涼太は、先日の居酒屋での村瀬との会話を思い出して、だんだんと心配になった。

美奈子社長と岩沼社長との静岡の料亭での会話は、当事者を除けば、涼太だけが知っている話である。美奈子社長の指示で波多野にだけ報告したが、生々しいやり取りは、本瓦斯社内でもごく限られた人間しか知らないはずだった。

第三章　ケーキ室デッドロック

ティラミス

九月に入ると夏の暑さもようやく和《やわ》らいできた。

介護ビジネスの売却手続きは、順調に進み、一次入札を終えて、大手のハウスメーカー、設備工事会社、警備会社、損害保険会社の四社が残っている。それぞれデューディリジェンス（資産査定）*26を終えて、今月末の二次入札に向けて最終の提示金額の詰めをしていた。

由紀は、この仕事をメインでこなしながら、涼太やひとみと清水ガスの価値評価*27を進めている。

「ロッキーの株式評価額は、およそ三〇〇億円。現社長から過半数の株を譲り受けるとして約半分の一五〇億円の買い物になります。また、負債が五〇億円ほど残っていますので、これの保証債務も引き受ける必要があります」

ひとみの説明に波多野は頷いて言った。

「介護ビジネスの売却で得る資金を含めて、手元に余裕資金が一〇〇億円はあるから、後は銀行借り入れだな。まあ、なんとかなるだろう」

そこに、秘書室から電話が入ってきた。

波多野の表情が少し曇って見える。

電話を切った後、天野警部と涼太を別室に呼んだ。

「今、徳太郎会長から電話があった。本瓦斯病院の院長に会って勇退を促したそうだが、逆に『あと五年猶予《ゆうよ》をくれ。八十になるまでには、後任を見つけて、病院経営も軌道に乗せる』と泣きつかれたそうだ」

波多野の話に、涼太はびっくりした。しかし、警部は平然としていた。

「まあ、この手の話に時間がかかるのはつきものですよ。少し様子を見ましょうかね」

波多野も、表情を曇らせたのは一瞬で、いつものポーカーフェースに戻っていた。

「何か手を打とうかとも思ったが、警部がそう言うなら、柿が熟して落ちるのを待つとしようか」

そう言って、デスクに戻ろうとすると、逆に、警部に引き止められた。

「例の清水ガスですが、どうもきな臭い感じですよ」

「ほう、それは？」

「うちの会社の静岡組の連中が、先方の役員に働きかけて、この話を潰そうとしている節《ふし》が見られます」

「ふうん、なぜかな？　この資本参加は、わが社の企業価値を増すはずだし、静岡組にとっては、静岡の東側にグループの供給エリアが広がるわけだから、自分たちの得意な領域を伸ばす点でも悪い話とは思えないがね」

「常識的に考えれば、そうでしょうね。しかし、そもそも静岡組にしてみれば、世が世なら唐沢社長の下でわが世の春を謳歌《おうか》していた時代なのに、という僻《ひが》み根性があります。そこに、美奈子社長が波多野さんや私を外から連れてきて、いきなり経営改革を始めた。その最初の手柄が長年の懸案事項だった清水ガスの吸収となると、やはり面白くない。それに、浜松出身の私たちにはわかりませんが、当社の静岡組と先方の静岡・清水出身者との間の確執もあるみたいです」

波多野は首をひねったが、かつてのアメリカの乗員組合での身内同士の陰湿ないざこざを思い出して、なんとなく納得した様子だった。

「それで、当社の静岡組が先方の部長、課長あたりに、うちの傘下《さんか》に入ったら清水ガスのブランドは消えて、お前たちも一生冷や飯食いか、さもなければリストラだ、と怪情報を流しているようです。それに影響されて、向こうの経営陣も、だんだん浮足立ってきていると聞きました」

警部は、一体どうやってこのような情報を仕入れてくるのだろうかと涼太は思った。その瞬間、涼太は、もう一つ気づいたことがあった。最近盛んに村瀬がプロジェクト・ロッキーの進捗状況を聞いてくる。さては、ヤツはそれを横流ししているに違いない。すると、自分もその情報源に一役買っているということか。

「少しペースを速めよう。介護と病院を片づけてからと思ったが、美奈子社長に清水に行ってもらって、基本合意*28の取り付けを急ぐとしよう」

九月の下旬に入って、美奈子社長と波多野と涼太は再び清水に行った。今度は、こちらから岩沼社長をイタリアンレストランの昼食に招待した。

「こちらが経営企画室長の波多野です」

美奈子社長が紹介すると、波多野がおもむろに名刺を出して挨拶をした。

「先日は、せっかくのお誘いを急にお断りして大変失礼しました」

「いや、その節は、お父上を亡くされたそうで、ご愁傷様でした。ぜひ一度、アメリカのファンドビジネスの状況をお伺いしたいと思いましてね」

岩沼社長も愛想よく応じた。

「リーマンショックの後に仕入れた投資案件が五年ほど経ちまして、それぞれ順調に企業価値を高めて、いま刈り入れの時期を迎えています。米国の経済環境もよく、M＆A市場は活況を呈して、どのファンドも着実に稼いでいます」

「ほう、シェールガスはどうですか？　そちらには投資していましたか？」

「ご案内の通り、原油価格が大きく下がって厳しい状態が続きましたが、少しずつ市況も回復し、これからは期待が持てそうです。投資回収のめども立ちつつあります」

「なるほど。パナマ運河も広がりますし、なかなか楽しみが増えますな」

岩沼社長は上機嫌でワイングラスを傾けた。

美奈子社長が、少し態度を改めて話題を変えた。

「先日、こちらに参ったときに出たお話の続きですが、よろしければ具体的なオファーを当方から出させていただき、初期的な契約手続きなども見据えて進めさせていただければと思いますが」

岩沼社長は、ナプキンで口元をゆっくりと拭《ぬぐ》うと、慎重に言葉を選んで言った。

「まあ、あまり急ぐのもどうかと。私のところはさておき、本瓦斯さんは、まだ美奈子社長に代替わりして間もないわけで、急《せ》いては事を仕損じるといいます。お互いのベストのタイミングを計るということでよろしいのではないですかな」

岩沼社長は、そう言うと、デザートのティラミスにスプーンを入れた。この健啖家《けんたんか》ぶりを見ると体調も完全に回復したようだった。

十月になった。秋風が心地よく感じられる頃、介護ビジネスの子会社が売れた。売り先は、東京に本社がある大手の設備工事会社で、五一億円の値がついた。二次入札の前後は、由紀は不眠不休で契約条件をまとめ、社内の取締役会を通し、売却先とのクロージング*29の最終調整を行った。

そのような忙しさの中でも、きちんと身だしなみを整えて颯爽《さっそう》と立ち居ふるまう由紀に対し、涼太は尊敬の思いを強くしたが、親しく会話をする機会はまったくなかった。

プロジェクト・ロッキーは、岩沼社長との会食の後、一時中断となった。病院案件も院長の粘りでストップしており、清水ガスが動かない中で、伊豆ガスまで手を伸ばせるはずもなかった。

プロジェクト・マリア

波多野は、頻繁《ひんぱん》に東京に出張し、またアメリカのファンドとの連絡を密にし始めていた。ときどき、中日本ガスという言葉を口にしていたが、その意味は、スタッフには明らかにされなかった。

そこに、突然、由紀の知り合いのフィリピンのM&Aアドバイザリーファームから買収案件の紹介があった。マニラ郊外にあるガス火力発電所の運営会社に資本参加しないかという誘いだった。

「運営会社は現在、フィリピンの電力会社と長期の売電契約を結んでおり、順調に稼働しています。今の株主は、スペインの電力会社とシンガポールの銀行とフィリピンの投資家です。筆頭株主のスペインの電力会社が本社の投資方針の変更により持ち株すべてをビッド（入札方式）で売却する予定です」

由紀が、アドバイザリーファームから送られてきたパワーポイントの資料を使って、要領よく対象案件を紹介する。

「持ち株全部というと、何パーセントなの？」

波多野が聞いた。

「三五パーセントです」

「するとマジョリティ（支配株主権[*30]）は持っていないわけだ。売却後の発電所のオペレーションは大丈夫なの？」

「出資契約とは別に、株主であるスペインの電力会社が発電所の運営会社と運営サポート契約を結んでおり、これは維持されます」

「で、いくらくらいになりそうなの？」

「三〇億円プラスアルファと、現地のアドバイザリーファームは試算しています」

「ふううむ」

波多野は考え込んだ。ここで三〇億円以上使うと介護サービス子会社の売却で得た資金のかなりの部分を吐き出してしまう。次にくる清水ガスの買収資金がその分減る。しかし、このフィリピンの発電案件は、サイズも契約条件も悪くない。今ならチームも動かせる。しかも、入札となると今、動かないと、ほかの競争相手に取られて、この案件は消滅する。

「美奈子社長に相談するかな」

波多野は呟くと、すぐ秘書室に電話をかけた。

三十分後、波多野は社長室から帰ってきた。

「美奈子社長からゴーサインをもらった。当社が来年、電力事業に参入するのに、この機会に発電のノウハウを蓄えたい。さらに海外展開の足掛かりをつくりたい、とのことだ。しかも、フィリピンは近い。お金の算段は別途考えましょう、とも言っていた」

涼太は新しい仕事が入って、ちょっと嬉しくなった。七月にケーキ室に配属になって以来、九月の半ばまで怒涛《どとう》の忙しさだった。多忙な中で、新たに習得したことも多く、毎日が発見の連続で楽しかった。それが、この二週間ほど、少し手持ち無沙汰になっていた。実際に、実家の両親からケーキ室にきてからため息が減ったと喜ばれていたが、そのため息を復活させないためにも、何か新しいことにチャレンジしたかった。

「それじゃ、チーム編成して、マニラに行ってアドバイザーとミーティング、ついでに現地視察もして来てもらおうか。由紀をヘッドに、涼太と村瀬、それにフィリピン帰りのマリアと四人だ」

おお、憧《あこが》れの由紀さんと出張だ。しかも四人で未踏の地マニラに行く。涼太はスキップしたくなった。

「あの、マニラって、かなり治安が悪いイメージがあるのですけど」

村瀬が突然、手を挙げて質問した。

「村瀬さんなら大丈夫よ。街で声をかけてくるお兄さんについていかなければ」

現地事情に詳しいマリアがいきなり釘《くぎ》を刺した。久しぶりにノリのよいマリアを見た。


マニラ空港からホテルのリムジンに乗って市内中心部に向かった。雑踏の中をカラフルなジプニーと呼ばれる乗合バスがたくさん走っている。外はかなり暑そうだ。やがて高層ビルが見えるマカティというビジネス街に入っていく。ホテルは、そのマカティの金融ビル群の一角にあった。

大理石のロビーの天井が高い。シャンデリアの向こうに人工の滝が流れている。かなり高級なホテルである。

四人は揃ってチェックインした。涼太は村瀬とツインの相部屋。由紀はマリアと相部屋だが、由紀がカンパして同じ階の角の二部屋続きのコネクティングルームをとった。いわゆるセミスイートである。

「マリアって、どのあたりに住んでいたの？」

「もうちょっと郊外。車で三十分ぐらい行ったところ」

マリアもセンチメンタルジャーニーを少し味わっているようだ。

夕方からホテルに隣接するビルの中ほどにあるオフィスを訪ねた。今回の案件を紹介してくれたM＆Aアドバイザリーファームである。

「やあ、由紀。久しぶり」

デイビッドと名乗った彫りの深い端正な顔立ちの五十前後と見える男が握手を求めた。このブティック・タイプといわれる小規模な投資銀行のCEOである。さらに、レイという男性に続いて、マリッサ、レオノラ、クリスティナと若い女性スタッフの紹介が続き、彼らが今回の案件に対し、かなり大きな期待を抱いているのがわかった。

涼太は、マニラに来るのも初めてなら、海外の投資銀行のスタッフと会うのも初めてである。九月に受けた二度目のＴＯＥＩＣの試験結果が、出発の前日に届いていて六〇〇点だった。短期間でまずまずの上達ぶりだが、インベストメントバンカーとビジネスでディスカッションするには、まったく頼りない語学力である。

結局、ミーティングでは、主に由紀が話し、マリアがメモ取りをして、ときどき今こんな話をしているのとマリアが解説してくれるのを、男二人は懸命に聞き取るという展開になった。由紀が話す英語は、驚いたことにまったくネイティブで、デイビッドと丁々発止《ちょうちょうはっし》とやりあう会話を涼太と村瀬は、ほとんど聞き取ることはできなかった。つまり男二人は単なる傍観者と化したわけである。

ミーティングの最後に、明日の現地視察の予定を確認して、ビルの最上階にあるフィリピン料理のレストランに行った。夜景が綺麗なことに加え、予想外に海産物が豊富で美味しく、涼太が魚の骨を上手に除いてみんなに取り分けると、デイビッドが大げさに称賛した。

デイビッドたちにホテルのロビーまで送られて、明日の朝七時にここに集合と告げられ、その日は解散となった。村瀬は、せっかくなのでちょっと出かけてくると言って、ホテルのコンシェルジュをつかまえて、地図片手にいそいそとタクシー乗り場に向かった。マリアは、メモ取りで疲れたのか、早めに休むと言って部屋に戻って行った。涼太は、この瞬間を逃したら二度と由紀と話す機会は巡ってこないかもしれないと、慌てて由紀に声をかけた。

「由紀さん、よかったら、ホテルのバーで少し飲んでいきませんか？」

涼太が誘うと、由紀も

「そうね。いいわよ」

と応じてくれた。

涼太と由紀は、ホテルの最上階にあるカクテルバーに向かった。落ち着いた間接照明に照らされたマホガニーの木目《もくめ》調のテーブルに濃いブラウンの皮のソファ。由紀は好みのカクテルを頼み、涼太はシングルモルトのウイスキーをロックでオーダーした。

「由紀さんて、ちょっと近寄りがたくて」

涼太がタンブラーを上げると、由紀もカクテルグラスをカチンと合わせた。

「ごめんなさい。私、すぐ目の前のことに夢中になるタイプかもしれない」

「いえ、そんなことないですよ。でも英語お上手ですね」

涼太は今日、自分が英語で挨拶ぐらいしかできなかったのを恥じた。

「父の仕事の関係で、海外が長かったから」

涼太は、聞きたいことがあったのを思い出した。

「すみません。ぼく、由紀さんがフィットネスクラブのスタジオで踊っているのを見てしまったんです」

「ええ、覚えているわ。ケーキ室にくる前の日ね。私、インストラクターをしている友達に頼んで、久しぶりに踊らせてもらったの」

「すごく上手ですね」

「まあ、昔やっていたから」

「昔って、学生時代とかですか？」

「そうね。ニューヨークの大学で舞台芸術を専攻して、勉強の合間に始めたダンスにはまって、そのままのめりこんでしまったの」

「じゃ、プロじゃないですか」

「確かにミュージカルのオーディションとか受けていたわ」

「え、舞台に立ったんですか？」

「最初は、オーディションに落ちてばっかりだったけど、ちょうど運よく新しいミュージカルのプログラムがかかることになって、それで採用されて」

「オフブロードウェイ、それともブロードウェイ？」

「そのときはブロードウェイだった」

すごい。何かいっぱい聞きたいことがあるけれど、次の会話が出てこない。涼太は、慌ててウイスキーを一口、口に含んだ。

「ねえ、私のことばかりじゃなくて、涼太さんのことも話して」

涼太は悩んだ。

「うーん、由紀さんに比べると、そんなに話すことはないかなあ」

由紀は首を振った。

「好きな音楽とか、いま読んでいる本とか、最近見て感動した映画とか。何か楽しかったことや、やってみたいこととか」

「うーん。特にないけど、今の仕事、なんかワクワクして楽しい。波多野キャプテンと天野警部のコンビって最高だと思う。由紀さんもすごいし、ひとみも実はｅスポーツっていう対戦型ゲームの実力者」

「ひとみさんのこと、知ってたんだ」

「うん、たまたま、鍛冶町のゲームセンターで見ちゃった。イベントでチャイナドレス着て、かっこ良かった」

由紀は、楽しそうに微笑《ほほえ》んだ。

涼太は、もう一つ聞きたいことがあったのを思い出した。

「こんなこと聞いていいか、わからないんだけど。どうして、踊るのやめてインベストメントバンカーになったんですか？」

由紀は、一瞬口ごもったが、すぐに答えた。

「ちょっと怪我《けが》しちゃったの。膝《ひざ》を痛めて。それで舞台で踊れなくなった。大学入り直してMBA（経営学修士）を取得した。それから投資銀行に就職して、M&Aを担当することになって。でも、リーマンショックで、そのチームが消滅して、その後も別の投資銀行に移って頑張ったけれど、だんだん疲れてきちゃって。両親も一度、日本に帰ってきたらって言うから戻ってきたの」

涼太は、さらにもう一つ聞きたいと思った。付き合っている人、いるのですか？　という質問。でも、聞かなかった。

オフィスにいる由紀には感じられないが、フロアで踊る由紀の姿の華麗で妖艶《ようえん》な美しさ、魅惑的な視線、抜群のプロポーションと透き通るような白い肌を見て、涼太は窺《うかが》い知ることのできないショービジネスの第一線にいた由紀に恐れを抱いていた。由紀の経験した世界の深さと広がり。それは、涼太が到底太刀《たち》打ちできる世界ではないと思った。

二杯目のグラスを空けて、由紀は表情を仕事の顔に戻した。

「楽しかったわ。……そろそろ部屋に戻らない？　明日も早いし」

涼太も頷いて、ゆっくりと席から立ち上がった。

エレベーターを同じフロアで下りたところで、由紀と涼太は右と左に別れた。涼太は、少し弾んだ気持ちを胸にホテルの自室のドアを開けた。

異様な雰囲気がした。電気が仄暗《ほのぐら》くついていて、誰かいるようだ。村瀬ではない息づかいが聞こえる。

バスルームの前を抜けて、ベッドルームに入ると、ほのかなライトに照らされた褐色の肌が見えた。若い女の背中だ。ベッドのシーツの上で身体が揺れている。顔は長い金色の髪に隠れて見えない。

その先の枕の上に、こちらを見ている村瀬の顔が見えた。上半身裸だ。ふと見ると、奥のデスクの椅子の背に女物の赤い服と、その上に黒い下着がかかっていた。

村瀬が、慌てて手を振って、部屋を出てってくれ、という仕草《しぐさ》をした。涼太は、黙って引き返すと、部屋の外に出て、ドアを閉めた。

(どうなってるんだよ!)

涼太は、驚くと同時に、憤《いきどお》りを感じた。そして、当惑した。

そろそろ十二時近い。ホテルのバーも閉まるだろうし、ロビーで何時間も過ごすのは辛い。しかたなく、廊下を反対側に歩いて行って、角部屋の由紀とマリアの部屋のドアを小刻《こきざ》みにノックした。

「どうしたの?」

しばらくして、ジャケットを脱いだ白いブラウス姿の由紀が、心配そうにドアを開けた。

「村瀬が部屋に女性を連れ込んで、いたたまれないで出て来ました」

涼太が正直に告げると、由紀は一瞬驚いた様子を見せたが、すぐに涼太を部屋に入れた。

入ったところはリビングルームで、応接セットがあり、その右奥にバスルームと由紀のベッドルームがあるようだった。マリアの部屋との間を仕切るドアはリビングルームの左奥にあり、きっちりと閉まっている。

「いいわ、そこのソファで休んでいて。ガウンとアメニティグッズを持って来ましょうか？」

「いえ、タオルと歯ブラシだけあれば大丈夫です」

涼太は、手早く顔を洗うと、由紀に謝った。

「すみません、ご迷惑をおかけして。疲れたので、このソファでちょっと休ませていただきます」

涼太は、バスタオルを肩にかけると、ソファに横になって、テーブルのライトを消した。

「じゃ、おやすみなさい」

由紀の声が遠ざかった。

ドアが閉まって、バスタブに水を張る音が聞こえたが、涼太は、あっという間に眠りに落ちていった。

どれぐらい眠ったのか。気のせいか、かすかにしっとりとした甘いバラのような香りが近づいた感じがした。

ふと、目を開けると、すぐ近くに由紀の白い顔がある。毛布をかけてくれようとしているようだ。首を回すと、ゆったりとしたTシャツの胸元から白い胸のふくらみがこぼれるように見えた。慌てて目を上げて、頭をこっくりと下げた。

「すみません」

「いいのよ。冷房が効き過ぎているから」

由紀の優しさが嬉しかった。

「あの、由紀さんのこと、好きです」

涼太は、そう言うと、ドキドキしながら、由紀の腕に手を添えた。

「……ダメ」

由紀は聖女のように微笑むと、そっと涼太の手を離して、

「おやすみなさい」

と声を残して、ベッドルームに行き、電気を消した。

由紀の後ろ姿の、白いTシャツの下の意外に肉付きのよい腰回りと、そこから形よく伸びた白い脚が残像として目の奥に残った。

涼太は、なんとなく、ほっとして、再び深い眠りに落ちた。


「そろそろ起きて」

由紀の声に目を覚ました。まだ外は暗い感じだったが、腕時計を見ると、ちょうど六時だった。しまった。寝過ごした。由紀は、もうすっかり着替えている。

涼太は、急いで顔を洗うと、昨日から持ち歩いているショルダーバッグを抱えて村瀬のいる部屋に戻った。

村瀬は、まだ寝ていた。部屋の中に女の姿はなかった。乱れたシーツが昨夜のアバンチュールの名残を留《とど》めている。

「おい、朝だぞ。もうすぐ集合時間だ」

涼太が大きい声を出すと、村瀬がようやく起きた。

「お、昨日は悪かったな」

寝ぼけた声を出している。涼太は、さっさとシャワーを浴び始めた。

手早く身体を拭《ふ》いて、髪を乾かしていると、まだ白いガウン姿の村瀬がバスルームを覗いた。

「お前、おれのブリーフケース、知らない？」

「知るかよ。そこの椅子に置いてあるショルダーバッグは、おれのだよ」

涼太が、髭《ひげ》をそってバスルームを出ても、まだ村瀬は部屋の中をうろうろしていた。

「デイビッドの会社か、レストランに置き忘れたか。あるいはホテルのフロントとか」

「いや、昨晩部屋に入るときはあった。ブリーフケースのポケットに部屋のカードキーを入れていたし、ブリーフケースから財布を出して女に金を払った」

「じゃ、その財布はどうしたんだ」

村瀬は、相変わらずうろうろして、引き出しを開けたりクローゼットの中を調べたりしている。

「あれがないと、パスポートもクレジットカードも現金も浜松のアパートの鍵もない」

それからが大変だった。結局、村瀬のバッグは行方不明で、昨夜部屋で一緒だった女が持ち去ったのだと考えられた。デイビッドの会社から迎えに来たレイが、警察への届け出とホテルへの報告を済ませ、村瀬を日本大使館に連れて行き、パスポートの紛失届を出して帰国渡航書の申請手続きをとった。

女は、村瀬が昨夜遅くマニラの繁華街に行った際に、路上で声をかけてきたアジア系の外国人で、一緒にゴーゴーバーに行って意気投合したとのことだ。盗まれたものが見つかる可能性は万に一つもなかった。

由紀は明らかに激怒していた。いつもは物静かな美人が本気で怒ると本当に怖い。

特に村瀬のブリーフケースには、新調した小型のパソコンが入っていて、今回の投資案件のデータとデイビッドの会社とやり取りしたメールの記録が保存されていた。いくつもの複雑なパスワードで厳重に保護されていたが、これらをすぐに消去するとともに、本社の波多野と相談して、村瀬をチームから離脱させて帰国書類が整い次第、浜松に帰すことにした。

予定よりだいぶ遅れて、デイビッドと一緒に、マニラ郊外のガス火力発電所の視察に出向いた。

マカティのホテルから車で一時間半ほどしてサイトに着いた。

涼太は、技術の専門家ではないが、素人が見てもかなり先端的な発電施設であることがわかった。所内は清潔で、ゆったりとした打ち合わせスペースがあり、メンテナンスも十分に行き届いている。会議室で一通り施設の概要を教えてもらうと、タービンや発電機を視察し、コントロールセンターでは稼働状況などの詳しい説明を受けた。

視察後に、質疑応答と意見交換の時間が設けられた。ここでマリアが特異な能力を発揮した。

マリアは、ブラジルとフィリピンの在留経験があり、そのためポルトガル語とスペイン語とタガログ語と英語の四カ国語を堪能《たんのう》に話せた。今回の相手は、スペインの電力会社が事実上運営するフィリピンの発電所で、相手はスペイン人とフィリピン人。したがって、言葉は英語のほかにスペイン語とタガログ語が飛び交っている。マリアは、それらをリアルタイムで聞き取って、日本語でパソコンに記録することができた。もちろん会議の公用語は英語だが、その後ろで飛び交う仲間内の会話の内容は、この場合極めて重要だった。

朝遅く出発した時間的ロスをマリアのお蔭でかなり取り戻し、夜になってからホテルに戻った。村瀬は、大使館に帰国渡航書を出してもらって、夜行便に乗るべく、空港に向かった後だった。

その晩は、全員が疲れていてベッドに入った途端に熟睡した。翌日午前中にデイビッドやレイたちと今後の作戦会議を開いて、その日の午後、マニラ空港から中部国際空港に向かう飛行機に乗って帰国した。

浜松に戻ると、波多野と天野警部に労をねぎらわれた。

「今回は、トラブル発生で大変だったな」

出張中メモを克明に取っていたマリアが、案件の概要を改めて説明し、由紀が補足して、ところどころ涼太もコメントを付け加えた。

「よし、入札に踏み切ろう。デイビッドは何と言っている？」

「三〇ミリオンUSドル（三六億円）ではいかがかと」

由紀が即答した。

「ＩＲＲ（投資利回り）*31はどうだ？」

「約一二パーセントです」

「発電技術の導入メリットを織り込んでもギリギリの数字だな。もっとも、施設が一流で運営サポートがきちんとなされて売電契約に基づいて確実にお金が入れば、比較的リスクは少ない投資ともいえるが……。しかし、今回の村瀬みたいな事件もあるからな」

波多野は苦笑いして言った。

「そう言えば、あいついませんが、どうしました?」

涼太が口を挟んだ。

「謹慎中だ。もっとも、チームワークを乱した上に会社とメンバーにとんでもない迷惑をかけた。少なくともケーキ室はクビだ。人事に言って、技術本部に帰すことにしたよ」

波多野は話題を変えた。

「本件のコードネームを『プロジェクト・マリア』と呼ぼう。どうやらマリアの活躍が案件の成否の決め手となりそうだからな」

こうして、プロジェクト・マリアの入札手続きがスタートした。

サイドワインダー

プロジェクト・マリアに対する投資方針を決定する経営会議で、浜松組と静岡組の争いは完全に表面化することになった。

「高齢化社会に向かう、この地域の虎の子の介護ビジネスの子会社を売っ払って、なんで縁もゆかりもないフィリピンの発電所を買うのか、私にはさっぱりわからない」

取締役総務部長の長島が口火を切ると、財務担当の牛浜常務が後に続いた。やはり静岡組の重鎮である。

「先日の経営会議では、次の買収ターゲットとして清水ガスや伊豆ガスの名前が挙がっていた。もし、清水ガスの株を買うのなら、相当な額の資金が必要となるはずで、今は財務体質の強化を図るべきだ。そうしないと、清水ガスを買った途端に格付け[*32]を落として、とんでもないことになる」

これに同調して、これも静岡組の取締役人事部長まで文句を言った。

「だいたいフィリピンは、東南アジアの中でも、ひどく治安が悪いところと聞いている。そんなところにうちの社員を送り出すのは、私は反対だ」

別に渡航禁止区域に職員を派遣するわけではないし、そもそも人事部長は、行ったこともないフィリピンについて風評でモノを言っていると説明者の波多野は思ったが、下手に反論すると盗難被害に遭った村瀬の管理責任を問われる恐れがあると黙っていた。

「……というような意見もあり、私も本件には賛同いたしかねます。そもそも投資回収も覚束ないこのプロジェクトに資金を出すことが本当に必要なのかね？」

専務の河津が、おもむろに質問をした。

波多野は答えた。

「はい、客観的かつ合理的に考えて必要と考えています。来年の四月からは、電力の小売りが全面的に自由化されます。当社は、このタイミングで電力小売りに進出することを、すでに経営会議のみならず、取締役会でも決定しています。そして、この試みを成功させるには、発電や送電に関する技術的ノウハウが不可欠です。かつてのコージェネレーションの経験だけでは不十分です。そこで、あらゆる機会を捉えて知見を蓄積し、人材を育成する必要があります。幸い、今回の対象プロジェクトは、われわれの投資条件をすべて満たす稀有《けう》な案件です」

「だいたいスペインの電力会社というのは何だ。聞いたこともないじゃないか」

誰かが発言した。

「スペインの電力会社の時価総額は、日本の最大の電力会社である東西電力や本州電力の五倍の価値があります。イタリアの電力会社との統合の噂がありますが、両社合わせると十倍の規模です。その会社が運営する今回の発電所は、いわゆる開発途上国のフィリピンにありますが、世界水準の施設です。今のタイミングで、この発電技術を得るのは、わが社にとって極めて有益なことです」

議場が一瞬静まり返った。すかさず社長の美奈子が発言した。

「いろいろなご意見がありますが、私もわが社の成長戦略の実現にとって、この案件への投資が必要だと考えています。しかし、皆さんのご発言ももっともな点が多いので、十分に慎重に進めるよう、いくつか守るべき条件をまとめていただき、それに基づいて進めるようにしてはいかがでしょうか？」

出席者は、それならば、と一様に頷いて、案件は採択された。

一時間後、役員大会議室からケーキ室に戻ってきた波多野をつかまえて、涼太とマリアが会議の模様を聞いた。

波多野は、ため息を交えながら答えた。

「いわゆる条件付き賛成というやつだ。まず、高値づかみはしない。具体的には、投資額は三五億円を上限とする。次に、デューディリジェンス（資産査定）をきちんとやる。特に電力の専門家による対象事業の精査を行う。さらに、株式を持ち続けることはせず、五年ないし七年でエグジット*33する。つまり、発電ノウハウの習得が終わったら、第三者に売却する。以上三項目だ」

「それって、波多野さんの想定内ですか？」

涼太が心配になって、重ねて聞いた。

「まあ、概《おおむ》ね想定内だが、三五億円だと今の為替レートで換算すると三〇ミリオンUSドルには届かない。これでは本気で買収したいという競争相手が現れると入札で勝てない。それに法務、会計の査定に加えて、電力に関するビジネスデューディリジェンス（事業査定）*34をきちんとやろうとするとコストもかかる。さらに、できれば当社側でも提出されたレポートを検証できる体制が必要だ。つまり、電力の専門家がいる。エグジットの件は買った後の話なので、これはまた別問題だ」

「電力の専門家って、そのために村瀬をチームに入れたのですよね」

「ま、そうだが、彼は技術屋で別に電力の専門家じゃない。鶏と卵のどちらが先かみたいな話だが、電力のノウハウを習得するために、電力のノウハウがいる」

涼太は、黙って考え込んだ。そして、ふと思いついた。

「じゃ、電力会社にスタッフを派遣してもらったら、どうですか？　本州電力は無理かもしれないけど、社長のご主人が関係の深い東西電力だったら、誰か送ってくれるかもしれませんよ」

「どうかな、いずれにしても向こうにしてみれば敵に塩を送るような話だし、それにこちらもケーキ室に人を入れるとなると、当方の作戦が派遣元の電力会社に筒抜けになる。うまくいくかな」

それまで黙って聞いていた天野警部が口を開いた。

「もしかしたら、うまくいくかもしれませんよ。ようはどんな人材が来るか、ですな」

波多野は、思い切ったように頷いたが、もう一つ懸案事項を述べた。

「いま一番急ぎで気になるのは、デューディリジェンスの費用だ。少なくとも、法務と会計で三〇〇〇万円はかかる。それにビジネスデューディリジェンスの費用を足すと、プラス一〇〇〇万円だ。経営会議は通ったから正面切って反対はされないだろうが、社内決裁に時間がかかるとタイミングが間に合わなくなる」

「それは、誰の了解が必要ですか？」

由紀が聞いた。

「長島取締役総務部長、財務経理担当の牛浜常務、管理本部長の河津専務、この三人が肝だな」

「わかりました。この案件のチームヘッドは私です。私が起案して、波多野室長のハンコをもらった後、すぐに関係部署を回ります」

由紀が言うと、マリアも同調した。

「じゃ、私もお手伝いします。私の名前がついたプロジェクトですから」

こうして、波多野は社長室に行き、由紀、マリアは稟議書を持って関係部署を回るミッションに出かけた。

その間、涼太がぼうっとしていると、天野警部に呼ばれた。

「今度、うちの会長、社長のところに、伊豆ガスの会長と社長が訪ねて来る。涼太、お前が同席しろ」

「えっ、ぼくが、ですか」

涼太が慌てて答えると、警部が頷いた。

「昨日、波多野キャプテンと相談して、決めた。お前が適任だ。キャプテンと由紀さんはフィリピンの件で忙しいし、おれが出たら、不必要に警戒される」

「でも、どんな要件でお見えになるのですか？」

「表向きは表敬訪問とか言っているが、最近、あまり業績がぱっとしなくて、おそらく資本増強のための増資を引き受けてくれないか、と頼みに来るに違いない」

「え、でも、うちの供給エリアとの間に清水ガスがありますよね」

「もちろん、清水ガスにも頼んださ。だけど、岩沼社長に断られたようだ。将来、第三者への事業承継を考えている岩沼社長にしてみたら、このタイミングでややこしいしがらみを増やしたくはないだろう」

「伊豆ガスって、そんなに厳しいんですか？」

「まあ、すぐに倒れるような心配はないが、先行きはかなり不透明だ。うちゃ清水ガスと違って、エリア内に政令指定都市があるわけではないし、大口の需要家が集積する工業地帯も沼津、三島ぐらいで、限られている。供給エリアの半分以上は熱海や伊東、下田といった観光地だ」

「それで、うちは増資を引き受けるのでしょうか?」

「お前は黙って横で聞いていればいい。応対は会長や社長がやる。おそらく、その場では先方の要請を聞きおくということになる」

「でも、せっかくはるばる伊豆から来るのに、手ぶらでお帰りいただくというのも」

「お前、甘いね。そこは、社長がうまく取りなすさ。ひとみに伊豆ガスの経営状況の資料を作ってもらったから、後で読んでおけ。面談日時は追って秘書室から連絡がくる」

涼太は頷いて言った。

「でも、警部って、ほんとにすごいですね。どんな情報もあっと言う間に手に入れて、分析し、判断の材料を揃えてしまう」

「そうでもないさ。ただ、刑事捜査もM&Aも共通することが一つある。どちらにしても情報が一番大事だ。ようするにインテリジェンスさ。正しい情報が必要なだけ揃っていれば、判断の誤りを最小限にすることができる」

その通りだ、と涼太は思った。ただ、どこにどんな情報があって、それをどうやって得るのかが難しい。

警部は、にやりと笑って言った。涼太の気持ちを読んだようだ。

「違うな。まず目的のためにどんな情報が最低限必要かを決めることが肝心だ。最初に範囲を画して、後は迅速に集める。あれもこれもと情報を集めようとして、結局、時間ばかりかかって判断が遅れるのが最も悪いパターンだ」

涼太は、何度も深く頷いた。

そこに、波多野と由紀、マリアがほぼ同時に戻って来た。

「美奈子社長に、ご主人に電話してもらった。東西電力から誰か適当な人を、わが社に派遣してもらうことにしたよ」

波多野が言うと、由紀も報告した。

「決裁は全部取って、最後に社長に見てもらうように秘書室に稟議書を入れてきました」

波多野が驚いて聞いた。

「え、まだ一時間も経っていないじゃないか。どうやってハンコをもらったんだ?」

マリアが由紀に代わって答えた。

「まず、由紀さんが、これは必要最低限の費用なんですって上手に説明して、私がお願いしますって頭を下げました」

「でも、忙しいとか言って、渋《しぶ》るおやじがいただろ」

「そのときは、このハンコをもらえないと帰れません。ケーキ室をクビになります、って言って、目に涙を溜めました」

波多野は警部と顔を見合わせた。

「ふむ。バルカン砲よりもサイドワインダーが効いたっていうことか」

「なんですか、それ？」

涼太が思わず尋ねた。

「どちらもおれが乗っていたジェット戦闘機の武器だ。バルカン砲というのは、ようするに機関銃。至近距離でまっすぐ飛ぶ。連射して相手を蜂の巣にする。ま、昔ながらの正攻法だ。サイドワインダーはミサイル。遠くから撃って、相手のエンジンの熱を追っていって、最後に木端微塵《こっぱみじん》にする。このミサイルは蛇の習性を利用している。ようするに、わが社のお偉方は、蛇に睨まれた蛙のように、うちの飛び道具に負けた、ということさ」

「すると、由紀さんとマリアはケーキ室の誇る秘密兵器っちゅうことですな」

警部が言うと、みんな、どっと笑った。

救世主

東西電力から出向してきた発電技術の専門家は、本瓦斯がフィリピンの火力発電所の一次入札を通過し、デューディリジェンスの発注準備を終えたタイミングで突然やってきた。美奈子社長経由で依頼してから、二週間あまりの短期間での人選、派遣である。

「高石《たかいし》裕也です。『ゆうや』って呼んで下さい」

自己紹介する姿を見ると、一応ブランド物のスーツを着ているが、色白で小太り、とらえどころのないキャラである。親しみやすそうではあるが、もしかしたら神経質なタイプかもしれない。少なくとも野心満々がギラギラ顔に出ていた村瀬とはまったく逆のタイプである。

そんなことを涼太が考えていると、

「じゃ、早速フィリピン案件の現状を由紀とマリアから説明してあげて」

波多野がチームとしての引き継ぎを命じ、すぐに仕事にとりかかった。

話してみると、なるほど仕事の飲み込みは早い。東西電力では、海外の電力プロジェクトへの投資を担当した経験もあり、英語のＩＭを読むのもスピーディーで、質問もなかなか的確である。

涼太は、ひとまずほっとして、明日来訪する伊豆ガスの資料の追加説明を受けようと、ひとみとガラス張りの会議室に入った。資料を確認しながら、ふと見上げると、由紀からレクチャーを受けている裕也とふと目線があった。こちらの方を気にしているらしい。

「彼、ひとみさんの方を見ているよ」

と涼太がひとみに囁《ささや》くと、ひとみはあっさりと言い放った。

「私、ああいうタイプの人、いっぱい知ってる。きっとオタクよ。人畜無害だけれど、鬱陶《うっとう》しいことも多い」

いつもは比較的無口なひとみが珍しく断定的に話すのを聞いて、ふうん、そうなのかな、と涼太は思った。


伊豆ガスの会長と社長は、揃って太った腹を揺らしながら、もう十一月で肌寒い季節なのに、さかんに額や首筋の汗を拭いている。

「十年前の群発地震の影響がようやくなくなったと思いましたら、今度は東日本の大震災があったせいで、ひどい風評被害を受けましてね。地元の温泉旅館も大変ですし、これから高齢化で人口も増えないということで、家庭用、産業用とも需要の先行きが心配ですわ」

「それに、いよいよ電力・ガスの自由化ということになって、本瓦斯さんのように体力があるところは別ですが、私たちのようなところは地元密着とは言いつつ、先の見通しが立ちません」

「それで、地元の金融機関とも相談しまして、このタイミングで自己資本*35を厚くして、これからの厳しい環境をなんとか乗り切りたいと思いまして」

「そんなわけで、このたび第三者割当増資*36を計画するにあたって、本瓦斯さんにも、うちの株を多少なりとも引き受けてくれないか、そんなお願いに上がりました」

涼太は、警部が言った通りの展開だな、と思いながら、メモをとっていた。

「いいでしょう」

伊豆ガスの社長の話を聞いた、美奈子社長がいきなり言った。

「あまり多額の出資はできませんが、せっかくのお申し出ですから、お手伝いしたいと思います。もちろん、正式には取締役会に諮《はか》ってからのお返事ということになりますが」

おっと想定外だ。ひとまず聞きおくというシナリオかと思ったが、二つ返事でゴーサインである。

伊豆ガスの会長と社長は、早速窮屈《きゅうくつ》そうに頭を腹の方に曲げて、お礼を言った。

「えらい、すんまへん。いやあ、来たかいがあったと言うもんや」

関西出身なのか、会長がいきなり関西弁を使った。

「これで、これまで手をつけていなかった老朽化した導管などの補修も進みます」

社長も付け加えて、何度も頭を下げた。

「いえ、これからの時代、二百数十社あるガス会社が、いろいろと協力していきませんと、業界としてますます厳しくなっていくと思います。特に地元同士、今後も緊密に連携して参りましょう」

美奈子社長が言うと、伊豆ガスの二人は、再び大きく頭を下げた。

翌週の経営会議で、伊豆ガスへの資本参加の件が審議された。フィリピンの火力発電への出資のとき以上に、もめた議事進行となった。

「なんでうちが飛び地の伊豆ガスの支援をしなければいけないのか、まったく理解に苦しみます」

取締役総務部長の長島が口火を切ると、例によって財務担当の牛浜常務が後に続いた。

「うちは、そんなに資金的余裕はありませんよ」

そして、河津専務である。

「今回の資本参加には反対です。そもそも、この出資によって、わが社の企業価値が向上するとは思えません。わが社は、伊豆ガスという先の見えない重荷を背負うことになり、これまで苦労して築いてきた優良な経営資産をかえって毀損《きそん》する恐れがあります」

提案説明者の波多野は、またか、と思いながら、順々に反論していこうとすると、美奈子社長が立ち上がって言った。

「皆さんがおっしゃることは、いちいちごもっともですが、それでは、当社の明日の姿は築けません。今回の出資は、あくまでもわが社の将来の事業展開に向けた布石《ふせき》です。それに、出資額はごく僅かです。

静岡県下のガス会社が団結し、さらに中部圏のガス会社が連携しなければ、来るべきエネルギーのシステム改革の波は乗り越えられません。それに、これまでは遠慮して言いませんでしたが、まず社内が一丸となって協力して経営課題に取り組む態勢ができなければ、そもそもわが社自体が空中分解してしまいます。浜松出身者でも、静岡出身者でも関係なく、議論は十分に重ねて、志を一つにして事に当たるべきです。当社の若い社員も、また取引先や同業者も、皆さんの一挙手一投足を見ています」

美奈子社長の熱い思いを語る発言は続いた。最初は白けた顔で聞いていた役員たちも、次第に耳を傾けるような様子を見せるようになった。

美奈子社長の発言が終わると、それまで黙っていた徳太郎会長がおもむろに口を開いた。

「社長の言う通りだと思う。私からも一つよろしくお願いしたい」

徳太郎会長が頭を下げると、ほかの役員たちも頭を垂れた。

フィリピン火力のビジネスデューディリジェンスは、第三者に発注するのをやめて、アドバイザーであるデイビッドのチームの助けを借り、裕也が事実上、一人で仕上げた。分厚い英文の資料を丹念に読み解き、出張も一人でマニラに行って現地視察とヒヤリングをこなし、それをレポートにまとめて波多野に提出した。波多野や由紀が仔細《しさい》にチェックしたが、短期間で仕上げたにしては、まずまずの出来栄えだった。

さすが東西電力が送り込んできただけのことはある。みんなに一目置かれるようになると、裕也も少し気が緩んだのか、だんだん地を出してきた。ようするに、ちょっとだけ威張りだしたのである。

「さすが有名私立高校、一流国立大学、東西電力というエリートコースを歩んできただけのことはあるわね。私みたいな田舎高校、田舎大学、地元企業就職組とは出来が違うわ」

最近、ひとみのぼやきが多い。彼女は、伊豆ガスへの出資案件の処理で超多忙なのに、ケーキ室唯一の庶務担当で新入社員のマリアがいないときを見計らって、裕也は、ひとみに資料作成を手伝わせ、挙句の果てにはコピーや製本まで頼む。

ひとみがキレて涼太に文句を言い、涼太が波多野に実情を伝えたことがある。波多野は、裕也に注意をし、裕也は、わかりましたと素直に波多野の指示に従う。しかし、しばらくすると、またひとみに用件を頼みだす。

「裕也さん、ひとみちゃんに気があるんじゃないの？」

無邪気にマリアが言ったら、ひとみがむっとして睨んだ。

「こわっ！」

さすがのマリアも黙って、この件には触れなくなった。

しかし、裕也の天下は、ひと月と続かなかった。

本瓦斯は、フィリピン案件の入札に落選したのである。

二次入札の金額を一時入札の二九ミリオンＵＳドルから少しでも引き上げてほしい、とデイビッドに波多野も由紀も何度か頼まれた。しかし、残念ながら経営会議での審議通りに取締役会で出資額三五億円のキャップ（上限値*37）がかけられた以上、この金額の引き上げは不可能だった。そして、三五ミリオンを提示した外国企業にあっさりと優先交渉権を持っていかれた。まあ、競合する日本企業に持っていかれなかっただけよし、とするしかなかった。

こうして裕也の仕事は、まったくなくなった。

忘年会

師走《しわす》の慌ただしさが浜松の街にも感じられるようになり、再びからっ風が吹き始めた。出張中の波多野キャプテンと天野警部を除く、ケーキ室の若手五人で、延び延びになっていた裕也の歓迎会を兼ねて、駅に近いビストロで忘年会を開いた。

案件脱落以降の裕也の落ち込み方は半端なく、周りが見ても気の毒になるくらいだった。

「裕也さん、もっと元気だそうよ」

由紀が慰めても、裕也は返事をしない。ワインを飲みながら、ぼそっと、

「ぼくなんか、頑張っても報われない人間なんですよ」

とぼやく。歓迎会は限りなく反省会に近くなっていった。

会が終わってホテルに戻る由紀と別れて、マリアが
「せっかくだから、もう一軒行きましょうよ。クリスマスだし、ぱあっと明るく飲みましょう！」

と声をかけて、繁華街の鍛治町の方向に歩いていった。その途中に、半年前に涼太

が、ひとみの卓越したゲームの技を垣間見たゲームセンターがあった。そこだけ照明が燦然《さんぜん》と輝き、若いカップルが出入りしている。

箱入りの美少女フィギュアを並べた新型ＵＦＯキャッチャーを横目に見て、裕也が立ち止まった。

「ぼく、こう見えても結構、ゲーム得意なんですよ」

なんて不用意な発言をするのだろうと涼太が振り返ると、裕也が、ひとみとマリアを誘って店内に入るところだった。

奥に鎮座《ちんざ》している対戦型ゲームのブースは誰も使っていない。

「ぼく、これやりたかったんですよ。誰か勝負しませんか？」

裕也の発言に、マリアがひとみの背中を押した。

「先輩、どうぞ」

ひとみも仕方なく、

「じゃ、よかったら教えて」

と声をかけた。

二人が座って、まずキャラクターを選ぶ。裕也は、日本の空手家風の男を選んだ。ひとみは、アメリカ人をイメージしたボクサータイプの男だ。裕也が、ひとみに丁寧にゲームのコントローラーの扱い方とプレイのルールを教えている。

ゲーム開始である。

裕也の空手男が、すすっと間合いを詰めて、まず中断突き、前蹴りで攻める。ひとみのボクサーは、たじたじとなって防戦一方だ。無理な体勢からジャブを繰り出すが、当たらない。空手男が回し蹴りを出し、ボクサーが、かろうじてかがんでかわす。その瞬間、空手男の必殺技が電撃のようにボクサーを弾き飛ばした。

「やあ、ごめん。ちょっと本気出しちゃった」

裕也が楽しそうに言う。

「裕也さん、上手ね」

マリアもすかさず褒める。

「ひとみさん、初めてにしては上手いよ」

裕也も、ひとみのことを気づかう。涼太は、先が読めないこの展開を黙って見守っていた。

「これ、楽しい。もう一回やらない？」

ひとみが快活に笑って、裕也を誘った。もちろん裕也は、それに応じる。

二回戦。今度は、ひとみが先に攻めた。

さっと接近してジャブ、ジャブ、アッパー、ストレート。

裕也の空手男は、最初こそ少しダメージを受けたが、後はブロックを固めて、相手の技が途切れた瞬間に一気に反撃した。回し蹴りを下段、上段と連続して打つ。ボクサーの体勢が崩れた。すかさず、電光石火《でんこうせっか》の必殺技で相手をノックアウト。

「裕也さん、すごい！」

マリアが感嘆符付きの賛辞を送った。よく見ると、スクリーンの周りに若いカップルやグループが少しずつ集まりだしている。大学生カップルが、裕也とひとみに拍手を送った。

「裕也さん強いから、私、キャラクターかえていい？」

ひとみが聞いた。裕也は鷹揚に頷く。

「ねえ、つまらないから、なんか賭《か》けようよ」

マリアが無邪気に言った。

「負けた方が、勝った方に明日モーニングコーヒーを奢るとか」

「なんか、悪いな」

裕也は、ひとみの顔色を窺う。ひとみは、こっくりと頷いて、キャラクターを中国娘にかえた。裕也は空手男のままだ。

三回戦スタート。

今度は、どちらも仕掛けない。満を持して、空手男が一気に間合いを詰めた。いきなり中断蹴り。しかし、中国娘は余裕でかわす。さらに空手男が連続の突きで出ようとした瞬間、飛び上がった中国娘が回転蹴りで反撃した。空手男がのけぞってかわす。そこへ、中国娘の正確な突きが入る。ダメージポイント。空手男は技を出せない。後退するところを追いすがって中国娘が突き、蹴りの連続技だ。ダメージポイントが追加されていって、なすすべもなくゲームオーバー。

「やあ、油断した。やられちゃったよ」

裕也が頭をかいた。ひとみは、楽しそうに微笑んでいる。

「ラッキーだったわ。ビギナーズ・ラックね」

「じゃ、次は、ぼくも本気出すよ」

裕也は、ふうっと息を吐きながら、手の汗を入念に拭いた。

「じゃ、次に負けた人は、今週の金曜日に部屋のメンバー全員にクリスマスケーキを配る」

マリアが宣言した。周りのギャラリーがだんだん増えてくる。

四回戦スタート。

いきなり空手男が必殺技の電撃を中国娘に放った。ああっと周りが息を飲む。しかし、中国娘は電撃の先にはいない。ひらりと飛び上がったかと思うと、くるっと身体の向きを変えて、空手男の背後にすとんと下りた。その瞬間、必殺技だ。稲妻のような光が走り、空手男は前のめりに吹き飛んだ。

「ねえ、あの子、どこかで見たことない？」

誰かが後ろで囁くのが聞こえた。

「メイリーに似ている。……いや、メイリーだよ」

五回戦スタート。賭けた品は、お正月にシャンパンをケーキ室に寄付すること。

勝負はあっけなく終わった。開始直後、空手男は中国娘の稲妻を一気に受けて、たちまち崩れ落ちた。

「いや、今日は調子がいまいちだったな。でも、ひとみさん上手だね、才能あるよ」

裕也が、また頭をかいていった。ひとみは、

「ありがとう。楽しかったわ」

とにっこりと笑って、マリアにウインクを送った。

涼太は、ケーキ室の女子は怖いと心底思った。

しかし、裕也は、何か吹っ切れたようにすがすがしい顔をしている。さっきまでの青白いしょんぼりしたオタクとは違って、凛々しく頼りがいのある好青年に見える。こうしてみると、このゲームセンターでのバトルも含めて、今日の忘年会は、それなりに成功だったということなのだろう。涼太は振り返って、ちょっと心が温かくなった。

店を出てふと見上げると、浜松の冬の夜空に満天の星が光り輝いていた。

第四章　ケーキ室ブラボー！

医療過誤

年明け最初のケーキ室のブリーフィングが始まった。

「病院の方はどう？」

波多野が警部に聞く。

「そろそろ我慢できなくなってきています。一、二週間のうちに何か動きがあると思います」

「ロッキーの方はどう？」

「やはり、かなり悪化しているんじゃないでしょうか。月内にも向こうから何か言ってくるのではないかと……」

涼太は、何が何やらさっぱりわからなかった。

由紀からも報告があった。

「デイビッドに確認したんですけど、クロージングした形跡はない、とのことです」

「ふうん、何かトラブってているのかな」

これはフィリピンの火力発電所の件に違いない。でも、トラブルってどういうことなのだろう?

わけがわからないまま、波多野から裕也とひとみがケーキ室所属として、昨年社内に立ち上がった電力事業プロジェクトチームに年明けから参画することが告げられた。社内の部署横断的な組織だが、やはり東西電力から派遣されてきた裕也の知見に期待するところは大きく、もともとひとみもプログラミング専攻のリケジョ（理系女子）だったこともあり、一緒にチーム入りとなった。もっとも、ひとみは年末に伊豆ガスへの資本参加案件を仕上げ、一区切りつけての異動だった。

翌週の月曜日、地方新聞の社会欄に小さな記事が出た。

『本瓦斯病院の医師と看護師、集団で離職』

これか。涼太はすぐにわかった。本瓦斯病院の院長の経営方針は、もともと治療の緊急度が低いお年寄りを長らく入院させ、治療ともいえないような治療を施《ほどこ》して病床を埋めるようなことをしていた。このやり方に満足できなくなった気概のある若い医師や、これに同調する看護師が反旗を翻したのだった。

離職者は数名だったが、本瓦斯病院のスタッフに与えた影響は大きかった。すぐに管轄する本瓦斯の人事部は病院に連絡を取り、院長に事情を確認しようとした。しかし、院長は行方不明だった。失踪《しっそう》かと色めいたところで、のんびり正月旅行先の温泉地から帰ってきて出勤し、ようやく事態を知ったようだ。

徳太郎会長が出向いて、院長と面談し、すぐに院長に辞表を書いてもらうことになった。また、離職した医師と看護師を説得し、そのうち一部は病院の職場にいったん戻ることに同意したが、もう事態は後戻りできない状況だった。

「警部が言った通りになってきたな。このまま一気に浜松厚生会への事業承継が進むかもしれんな」

波多野が天野警部に声をかけると、天野警部は珍しく厳しい表情で首を振った。

「いや、油断はできません。もうひと波乱あると見た方がいいでしょうな」

院長から何の連絡もないまま二、三日が過ぎた。その間、天野警部は、近隣に病院を構える浜松厚生会と連絡をとり、事態の進展によっては、医師と看護師を外来の応援に派遣してもらうように人選と準備を依頼した。一方で、本瓦斯の人事部経由で病院の事務本部を促し、入院患者とその家族に、従来通り診療は続けるので、安心してほしい旨の説明を行わせた。

しかし、その後、院長からは梨のつぶてで、しびれを切らした本瓦斯の人事部長が、部員を連れて、院長に退職手続きと事後処理の確認に向かうことになった。

「涼太、お前、人事部長と一緒に院長に会って来い」

天野警部に促されて、涼太は人事部員の代わりとなって本瓦斯病院に向かった。

院長室は、四階建ての病院の最上階にある日当たりの良い角部屋だった。もともと一階の奥にあった薄暗い小部屋だった院長室を、だいぶ以前にこちらに移したと天野警部から聞いていた。

部屋に入ったところに置かれた重厚な革張りの応接セットで長時間待たされて、ようやく院長が現れた。

院長は、痩《や》せて頬《ほお》骨が張った、やや小柄な白髪の老人だったが、涼太らをじろりと睨んで、いきなり癇癪《かんしゃく》を爆発させた。

「あんたら、とんでもないことをしてくれたね」

人を見下すことに慣れている上に、一回り以上も年下の人事部長など最下層の部下としか思っていない様子だった。

「病院を売却するなんて噂を勝手に流すから、うちの医師や看護師が動揺して収まりがつかなくなったじゃないか。それに辞めていった連中は、とんでもない医療過誤をやって逃げ出したんだよ」

人事部長は、突然の剣幕に少し慌てた表情を見せたが、すぐに釈明した。

「病院売却の話は、社内でも限られた者しか知らないはずで、情報が漏れることはありません。それに、医療過誤の話は、初めてお伺いいたしますが……」

院長は、さも意外だという顔をして、また怒鳴った。

「だから、君はダメなんだよ。現にそれで辞めていった連中が何人もいるじゃないか。それに、医療過誤の件は知らないなんて、よくそれで人事部長が務まるね」

院長は、ソファから立ち上がると内線電話を取り上げて、「外科部長を呼んでくれ」と秘書に伝えた。まもなくしてやってきた白衣を着た中年の男は、医師というより今をときめくＩＴ会社のオーナー社長のような気障《きざ》な眼鏡と派手なネクタイが目立っていた。

「院長、お呼びですか？」

と部屋に入るなり声をかけると、涼太の方をじろりと睨んだ。

「ああ、ちょっとここへ座って、例の神経障害で訴えると騒いでいる患者の件を話してやってくれないか」

院長が促すと、外科部長は、院長の隣に座っておもむろに話し出した。

「年末に腹痛で外来にきた女性の患者ですがね、診《み》てみたら急性虫垂炎《ちゅうすいえん》、いわゆる盲腸で、炎症が進んで腹膜炎になりかけていたので、すぐに手術となったわけです。つまり開腹手術ですが、当然麻酔をするんですよ。静脈からの全身麻酔と組み合わせて、硬膜外麻酔といって、背中にチューブを入れます。それが原因じゃないかと思うのですが、その女性患者が、手術が終わって数日経っても足がしびれて歩けない、とこう訴えるわけです」

人事部長と涼太は黙って聞いていた。

「ま、虫垂炎の手術そのものは順調に終わり、合併症もないということで、普通は一週間ぐらいで退院となるのですが、歩けないと言う患者に帰れとも言えないので、今は病院の個室に移して様子を見ています。そうしたら、その夫というのが少したちの悪い男でして、病院、ひいては本瓦斯を訴えると騒ぎだしましてね。それで、弁護士に相談したら、とりあえず事実関係をよく確認してくれ、と言われまして。それで、実際に処置をした麻酔科と手術をした外科の医師らに確認しようと思ったら、今週から出て来ていない。聞いたら、二人とも集団離職した、というわけで。つまり、途方にくれているわけです」

外科部長が話し終わると、院長が大きく頷いて言った。

「そういうことで、今度の離職騒ぎは、どうもこの件の関係者らが仲間と謀《はか》って脱走したというのが真相だな。だから、おたくの会長が血相変えて飛んできて、辞めてくれないか、と言っていたけれど、今それどころではない、と伝えてくれ」

院長はそう言うと、顎を振って、涼太らに帰れと出口を示した。人事部長が粘って聞いた。

「その、麻酔が原因だとおっしゃいましたけど、そのあたりの事情は、はっきりされたのですか?」

「あの、君さ。それは今調べている最中と言ったじゃないか。今まで何を聞いていたんだよ！」

院長がむっとして答えると、外科部長がまあまあと宥《なだ》める素振りを見せた。

「このようなケースでよくあるのは、硬膜外に血腫《けっしゅ》を起こして運動障害を起こす事例ですが、ＭＲＩ検査では異常はありませんでした。後は、背中に入れた管が誤ってくも膜下腔《くう》という脊髄《せきずい》に近いところまで深く入ってしまい、薬が効き過ぎたという事故です。放置すると血圧が下がって意識不明の重体になる事態もあり得たわけですが、今回は、もちろんそこまでには至っていません。ミスに気づくのが遅れて、後遺症が残ってしまった、ということではないかと思います。いずれにしても、この件の対応で院長には事のほかお忙しくご指導いただいております」

外科部長の発言に院長は大きく頷くと、席を立った。

涼太は、院長と会った顛末《てんまつ》を波多野と天野警部の二人に話した。

「警部、どう思う？」

波多野の問いに警部は顔をしかめた。

「事実として医療ミスがあったのなら、苦しんでいらっしゃる患者さんに誠意を持った対応で臨むというのが鉄則です。しかし、院長の延命工作だとすると、ずいぶん思い切った手を使いますね。確かにこれで浜松厚生会への譲渡は遅れると思いますが、病院の評判を落として院長が得になることは何かありますかね」

涼太は首をひねったが、良い考えは浮かばなかった。

「まあ、その虫垂炎の手術をした担当医に話を聞いてみるしかないな」

警部は、そう言うと、涼太にアポをとるように指示した。


虫垂炎の執刀医と麻酔科の医師は、それぞれ浜松の別の総合病院に移っていた。

天野警部と涼太は、まず執刀した外科医を訪ねて話を聞いたが、通常通りの虫垂炎の手術で特に障害が起きる原因となるようなことは思い当たらないと丁寧に話してくれた。その外科医に紹介してもらって、次に天野警部と涼太は、麻酔を施した大石医師のいる病院を訪ねた。大石医師は、まだ若く三十半ばぐらいで、一見すると学者風の真面目そうなタイプだったが、忙しい時間を割いて快く会ってくれた。

「まったく身に覚えのない濡れ衣《ぎぬ》ですね。あのオペはよく覚えていますよ。麻酔の針は、正確に硬膜の外で留めていました。そもそも血腫を起こせばＭＲＩで容易に診断できます。そうでないとして、もし患者が動いたりして針がくも膜下腔に入るような異常がありましたら、その場につききりでいたわけですから、すぐに気づきますよ。特にそのような徴候はありませんでしたけどね」

涼太は、頷きながら聞いた。

「患者さんは、どのような方でしたか？」

「二十半ばぐらいかな。ちょっと水商売風で、年始早々は稼ぎどきだから早く退院したいとか手術前に話していましたね」

「その夫という方には会いましたか？」

「いえ、会っていません。そもそも、足がしびれるとか言いだしたのは年が明けてからだと思いますよ。私は年末で病院を辞めていましたから」

「先生が、あの病院を去られた理由は何ですか？」

「まあ、いろいろありますけど、やはり病院運営に関する院長の方針に納得できないということでしょうか。労働条件が厳しいのは、どこも似たり寄ったりですが、あの病院にいても医師としてやりがいが感じられないということですかね。だいたい、あの虫垂炎の手術だって、こちらの病院では、術後の患者の負担軽減を考えて、腹腔鏡《ふくくうきょう》（内視鏡）を使って行うのが一般的です。しかし、本瓦斯病院では、そのような取り組みを試みようともしません。それに、私たちを青二才とけなして使用人扱いする院長の人柄が我慢できない、というのもありました」

天野警部が聞いた。

「そうすると今回の件は、院長の意向を受けた誰かが患者をそそのかして医療過誤だと騒ぎたてていると？」

大石医師は、しばらく考えてから慎重な口ぶりで答えた。

「いや、そうと言いきることもできません。麻酔の手技《しゅぎ》にミスはなくとも、麻酔薬を体内に注入するのですから副作用が出ることはときとしてあります。通常は数日から数週間で解消されますが、数万人に一人の確率で後遺症に悩むケースもあると報告されています。筋電図やＭＲＩなどで精査した結果異常がなかったとしても、だから障害がないと断定できるかというと、正直なところ、そこは何とも言えません」

「なるほど、数万人に一人ですか。ところで、外科部長は院長のお気に入りみたいですね」

「ああ、あの人ね。ま、そうですね。本人は院長の後継者気取りですけど、院長も彼をうまく使って院政を敷こうと思っているのかもしれませんね」

天野警部は、そこまで聞くと、丁重に礼を言って、涼太を伴って病院を後にした。


「今度の医療過誤の件、ネットで拡散しているようだぞ」

天野警部が涼太に言った。見ると、

『ずさんな盲腸の手術が引き起こした恐ろしい高度障害！』

として、本瓦斯病院が実名で出ている。ちょうど同じ頃、本瓦斯は一億円の示談金を払えという要求が、患者の代理人から届いたとの連絡も入った。

「涼太、お前、元関連事業部だろ。本瓦斯病院に親しい知り合い、誰かいないか？」

ある日、別室で波多野と天野警部と三人で打ち合わせしているときに、波多野に突然聞かれた。

「三カ月しかいませんでしたからね。あ、でも久保先輩に聞いたら誰か紹介してくれるかも」

涼太は、早速関連事業部の久保先輩に電話をした。

「おお、それなら、病院の事務本部の庶務課長さんで、よく知っている人がいるよ。保坂さんと言う病院の生き字引きみたいな人。この前、医療廃棄物の件で、だいぶお手伝いしたから、お願いしたらいろいろと教えてくれるかもね」

頼るべきものは良き先輩だ。涼太は、すぐに紹介してもらった病院の保坂課長に会いに行くことにした。

病院で会うのは目立つので、先方にお願いして、病院から少し離れたビルの二階に入っているファミレスまで来てもらい、その奥まった半個室のブースで会った。

「ああ、その件ですか。私も最近、事務長から内々に聞いただけで実態はまったく五里霧中《ごりむちゅう》です。ただ、そのオペに立ち会っていた看護師か、症状を訴えている患者さんを担当している病棟のチーフに様子を聞くのがいいのでしょうけど、おそらく院長から固く口止めされているでしょうからね。あるいは、それとなく見張られているのかもしれない。むしろ、その二人と仲の良い看護師で様子を知っている者がいればいいのだけれど」

保坂課長は、ほかにも田中師長、杉村主任と主だった看護師の名前を何人か挙げて役に立ちたいという真摯《しんし》な姿勢を見せてくれたが、残念ながら、この時点では、あまり得るところはなかった。

その翌日、本瓦斯の代表番号にかかってきた電話がケーキ室に回された。聞くと、東京の医療法人だという。天野警部が出ると、相手は東京の世田谷《せたがや》で開業している病院の院長ということで、本瓦斯病院が売りに出ているそうだから、買いたいと言う申し出だった。口ぶりからすると、ネットで炎上している医療過誤騒ぎのことを知っていて、安く譲り渡すつもりがあるのなら、相談に乗るという話だった。

「ようするに『買い叩くぞ』と言う申し出だ。情報の入手先は誰とは言わなかったが、火元は院長のようだな」

天野警部は、そう言って、何か考えるようだった。

「医療過誤で病院の評判を下げておいて、浜松厚生会のオファーをいったん潰す。協力した患者には、本瓦斯から示談金を受け取らせて、その次に、安く買い叩く医療法人を斡旋する。本瓦斯の病院売却の狙いは、病院にかかる赤字出血を止めることだから、値は安くても早晩病院を手放すだろう。そして、院長は、新しくオーナーとなった医療法人のもとで引き続き院長として居座る。しかし、その医療法人は、いま本瓦斯がやっているような多くの診療科と病床を維持するような運営は土台無理だから、どんどん医療サービスを削っていく。最後は第三者に土地代見合いで売却する。そこで、院長は、本瓦斯からもらう退職金とは別に、何億円かの売却益を山分けしてハッピーエンド、という筋書きかな」

涼太は驚いて言った。

「なるほど、すごいですね。そこまで院長の狙いを読んでいるなんて」

「そりゃ、読めるよ。ただし、あくまで仮説だな。これを裏付ける証拠がいる。それを涼太に探してもらいたい」

天野警部の鋭い視線を受けて、涼太は黙るしかなかった。

しかし、からまった糸口を解きほぐす鍵は向こうからやってきた。その日の夕方、ケーキ室に鳴った一本の電話がそれだった。

「涼太さん、電話よ。若い女性から！」

電話番のマリアが弾んだ声で涼太のデスクに、その電話を転送した。

「もしもし、佐々木です」

マリアの手前、わざと生真面目《きまじめ》な顔をつくって、涼太が受話器を取った。

「本瓦斯病院の看護師の三宅《みやけ》といいます。保坂課長から紹介されてお電話しました」

「あ、保坂さんの……」

「実は、お尋ねの件で、お耳に入れたいことがありまして」

涼太は早速その夜、オフィスの上にあるホテルのレストランの個室で、その三宅と名乗る看護師と会った。丸顔でちょっとぽっちゃりとした、学校を出たばかりの若い女の子だ。レストランお薦めのスイーツを口にすると、目を輝かせて美味しいと喜ぶ姿が素直でほほえましかった。

「その女性の患者さんなんですけど、私は直接担当しているわけではありませんが、ちょっと変なんです。普段は、足がしびれるといってほとんど寝たきりで、ときどき麻痺が残っているらしく松葉づえをついて片足を引きずったりしているんですけど、個室に誰もいないときは、普通に歩いているみたいなんです。特に夜中で寝静まっているときに部屋の前を通ると、健常者のように歩く足音が、かすかに聞こえると看護師の間で話題になったこともあります」

「え、それを見たことはあるの？」

「ええ一度だけ。担当の菊池チーフの代わりに部屋を覗いたときに。ただ、そういうことは外の人にしゃべっちゃいけないって外科部長から厳しく言われていて」

なるほど、警部の言う通りだった。

「ところで、その障害のもととなった手術のことだけど、何か聞いたことある？」

「何も。普通の虫垂炎の手術だったみたい。オペ担当の看護師は、内田さんて二つ上の先輩なんですけど、例の集団離職の少し前に、豊橋《とよはし》の病院で欠員が出たって急きょ異動していかれたんです。でも、仲間で送別会をしてあげたときは、特に何も言ってなかったな」

涼太は、その看護師が移った先の病院をメモに書き留めた。

その翌日、涼太は、虫垂炎の手術に立ち会ったという内田看護師を訪ねて豊橋の病院まで行った。そこで聞いた話は、先日、大石医師から聞いた話とまったく同じで、オペ中の麻酔の扱いに間違いはなかったと思う、とのことだった。ただ、豊橋への異動があまりにも急だったらしく、本人も戸惑っている様子を見ると、一連の騒動の裏に何か強い恣意《しい》的な力が動いているのが、それとなく感じられた。

そこに、天野警部が思いがけない切り札を引き当てた。障害を訴えて入院している女性の夫が、妻の留守を幸いと女性遍歴を重ねているという証拠写真を、天野警部の知り合いの興信所が持ち込んできたのだ。

この情報屋が持ち込んだ証拠写真を、涼太が先日会った三宅看護師に頼んでそれとなく医療過誤を訴える病床の妻に渡した。その直後、妻は

「この、女たらしが！」

と病棟中に聞こえる声で叫ぶと、たちまち今回の騒ぎの真相を話しだした。

その内部告発を、病院の事務長立ち会いのもと、保坂庶務課長が詳細にメモに書き取り、こうして事件は一気に解決に向かった。結局、今回の医療過誤の訴えは、虫垂炎の手術で入院した女性患者の夫が遊ぶ金欲しさに院長の後釜を狙う外科部長と一緒に狂言犯罪を仕組み、これに集団離職の責任転嫁を目論《もくろ》んだ院長自身が飛びついたということが白日《はくじつ》のもとに晒《さら》された。

院長の策謀《さくぼう》がすべて明らかになった翌日、涼太は天野警部と一緒に徳太郎会長のお伴をして、再び本瓦斯病院に院長を訪ねた。

「もう、そろそろ辞めてくれないか」

徳太郎会長が言うと、先日会ったときの意気軒昂《いきけんこう》さはまったく影を潜《ひそ》め、漂《ただよ》う虚脱感のせいか一気に老け込んだ様子の院長はただ一言、

「迷惑をかけた。悪かった……」

と言った。そして、その場で、辞表を書いて徳太郎会長に渡した。涼太の目には、その院長の年老いてやつれた姿がかえって哀《あわ》れに見えた。


医療ミス騒ぎが、事実無根だったということが明らかになって、天野警部は、本瓦斯病院を浜松厚生会に引き継いでもらう交渉を一気に進めた。譲渡価格は土地代見合いとし、涼太が、かつての上司だった本瓦斯不動産の酒井店長に鑑定評価をお願いしたところ、快くすぐに適正な価格を算定してくれた。この評価額に先方の不動産鑑定士も同意して、契約交渉は、あっという間に山場を越えた。あわせて市への認可申請の手続きも加速して進めた。浜松厚生会の病院の評判が良かったことから、譲り受けに必要な資金も無理なく調達でき、驚異的に短い期間で譲渡にかかる協定書が本瓦斯と浜松厚生会の間で締結された。この譲渡決定に関する本瓦斯の経営会議が開かれたが、波多野の提案

に対して異議を差し挟む役員は一人もいなかった。

経営会議が無事終わった日の夜、涼太は天野警部に飲みに誘われた。天野警部行きつけの小料理屋で、グラスを合わせて軽くビールで乾杯した後、警部が言った。

「涼太、お前、今度の案件、頑張ったな。お前のお蔭で一件落着となった。ありがとうよ」

涼太は、深く頭を下げた。

「いえ、警部のご指導があったからこそ、なんとかお役に立てました。運も良かったです」

そう言った後、涼太は付け加えた。

「実は今日、病院に行って事務本部の保坂課長にご挨拶して、その後、病棟に回って三宅看護師にもお礼を言って来ました。三宅さん、新しい院長がきて、病院の雰囲気が明るく変わったって喜んでいました。それに里子に出されていた内田看護師も四月には戻ってくるみたいです」

「ほう、そりゃよかったね」

警部が頷いたのを受けて、涼太は少し声のトーンを重くした。

「でも、院長は、どうしてあんなふうに一線を越えてしまったのでしょうか?」

「まあ、背任罪《はいにん》にはならなかったものの、退職金は全額返上する羽目になったからな。それに、狭い世界だから、もう花道は残っていないだろうな」

警部は、そう言ってから口調を改めた。

「おれにもわからんよ。ある日突然退職を勧告されて感情的にキレた、ということかな。ただ、引き際っていうのは難しいものだな。誰でも自分には甘いし、院長ぐらいになると、時代の変化や年齢のことを忠告してくれる人は、周囲にはいない。今回の売却話が結果的に引き金を引いた形にはなったが、まあ仕方ないな。長年放置した本瓦斯にも責任の一端はあったということかもしれんな」

涼太は、頷いてグラスのビールを飲み干した。空になったグラスの向こうに、遠くを見つめる警部の顔が心なしか物憂げに見えていた。

ステイ・アヘッド

本瓦斯病院の譲渡が終わり、その経緯を記録用のメモにまとめながら、積み上げられた関連資料を涼太がのんびり整理していると、波多野がやって来た。

「あのさ、その作業って、今やること?」

「え、まあ散逸する前に形だけつくっておこうと思いまして」

涼太が慌てて答えると、波多野は、ふうんと言った。

「ジェット戦闘機乗りの一番大事な鉄則って何か知っているか?」

「え、沈着冷静とかですか」

「それは当り前。ほかには?」

涼太が首を振ると、波多野は質問を変えた。

「マッハ二のジェット戦闘機は、一秒間に何メートル進む?」

涼太は、慌てて机上の電卓を使って計算した。

「約六八〇メートルですか」

「そうだな。て、ことは、目で一キロ先に接近する飛行機を見つけても、ええっとどうしようか、と考えているると、その瞬間に衝突する。これを回避するには、どうしたらいいのかわかるか？」

「できるだけ早く見つけることですか？　高性能レーダーを使うとか。あるいは減速して、時間を稼ぐとか」

「早く見つけても、どうするか迷っていたら、あっという間に接近する。車だったら止まればいいが、飛行機は止まったら墜落するよ。答えはステイ・アヘッド。つまり、飛行機より先にわが身を置く」

涼太は繰り返した。

「ステイ・アヘッドですか」

「言いたいことは、次に起こることをどんどん予測して、正しく準備するということ。それをジェット戦闘機に負けないスピードで反射的にこなす。『ぱっぱっどん！』だよ。今のケーキ室は、僅か五人のメンバーで病院を売却し、清水ガスとフィリピン火力を買収し、さらに伊豆ガスへも追加出資しようとしている。実は、もっと大きなことも考えている。言ってみれば、特急列車じゃなくて、ジェット戦闘機に乗っているようなものだ。チーム全員が一刻の猶予もなく、的確に動かないと回らない。わかるな？」

「はい、わかります」

「じゃ、今やるべきことは何だ？」

「清水ガスの株式価値の再査定です」

波多野は頷いて、ゆっくりと去って行った。


その翌日、秘書室から連絡があった。清水ガスの岩沼社長が美奈子社長宛てに急に来訪することになったので、波多野と涼太は同席してほしいとの要請だった。

波多野と天野警部は、互いに目配《めくば》せをした。

「最近は、お忍びで沼津の県立がんセンターにも検査に行っているようです」

警部が小さな声で言った。波多野が頷いた。


その翌週、岩沼社長が浜松の本瓦斯本社を訪ねて来た。

「いやあ、冬になると空が澄んで、このビルから見る景色は格別ですなあ」

美奈子社長が専用の応接に入ると、先に案内されて腰をかけていた岩沼社長が、ゆっくりと立ち上がり挨拶をした。気のせいか、昨年の九月に会ったときに比べ、少し痩せたように見える。顔色も生気《せいき》がない。

「お忙しいのに、わざわざお越しいただきまして」

美奈子社長が挨拶をすると、岩沼社長は手を振った。

「いやいや、忙しいのは本瓦斯さんの方でしょう。伊豆ガスさんに出資されたそうですね。先方の社長や会長が事のほか喜んでいらっしゃいましたよ」

「いえ、せっかくのお申し出でしたので、僅かばかりお手伝いしただけですわ」

美奈子が言うと、岩沼社長も微笑んだ。

「ところで、参りましたのはね、以前、私どもの会社の株式を買い求めてもよいと言うお話をされていましたが、あのお話はまだ生きていますかな？」

「ええ、もちろんです。むしろ、こちらからお願いしたいところですわ」

「そう。じゃ、ぼちぼち進めて参りますかな。久しぶりに美奈子さんを拝見したところ、なかなか社長業が板についてきたようですし、それに徳太郎さんが会長で睨みを利かせていれば、まずもって安心ですな」

「いつ頃、どれくらい、をお考えですか」

「まあ、あまりゆっくりしても仕方ありませんから、例えば、年度内に大枠を決めるとして、六月ぐらいまでには引き渡しも済ませてしまおうかと。せっかくですから、私どもの会社の株式の過半数でいかがですか」

涼太は驚いて、斜め前に座る波多野の顔を見た。年度内に基本合意まで持っていくとなると、あと二カ月あまり。それからデューディリジェンスをやって最終契約[*38]まで二カ月、さらにクロージングまで一カ月という段取りである。

しかし、波多野は、さも当然という顔をしている。ステイ・アヘッドの境地なのかもしれない。

「わかりました。早速とりかかるようにしましょう」

美奈子社長が言うと、岩沼社長が波多野の方を見て、

「波多野さん、よろしく頼みましたよ。お若い方もよろしく」

涼太は、自分にも岩沼社長が挨拶してくれて、少し嬉しくなった。

岩沼社長は、「よっこらしょっ」と立ち上がって、つえを手に取った。やはりどこか体調が芳《かんば》しくない様子だった。

清水ガスの岩沼社長の持ち株売却の話は、先方のメインバンクである地方銀行がファ

イナンシャルアドバイザーに選定された後、加速度的に進んでいった。懸念された価格交渉に岩沼社長が拘泥《こうでい》する様子はなく、むしろ本瓦斯グループの傘下に入った後の経営のあり方に、先方の関心は集中していた。もちろん本瓦斯としても、清水ガスの従業員の雇用や顧客との取引維持については十分な配慮をするつもりだった。

二月に入って、岩沼社長との交渉が佳境《かきょう》を迎えた頃、フィリピンのデイビッドから由紀のところに、緊急の電話会議を開きたいとの申し入れがあった。フィリピンの火力発電への投資案件が、予想外の方向に進展を見せていた。

「結局、優先交渉権を取得した外国企業が、本件の買収を諦めたようです。詳しいことは聞けませんでしたが、その会社が過去に投資した複数の案件で巨額の損失を出していたことが次々に発覚し、経営陣は責任を取って総辞職。新しい経営陣は、今後の対外的な投資活動を一旦《いったん》すべて白紙に戻すことを決めたそうです」

由紀の説明に波多野は頷いた。

「なるほどね。ありがちな話だな。で、どうなる？」

「デイビッドの話だと、プッシュすれば、代わりにうちが優先交渉権を取れる可能性は十分にあるそうです」

「十分といっても、ようは価格でしょ。いくらならOKなの？」

「うちが出した二九ミリオンと、今回辞退した会社が提示した三五ミリオンの間をとって、三二ミリオンではいかがか、と」

由紀が言うと、波多野は少し顔をしかめた。

「やっぱりプライス（指し値）の引き上げが必要か……。一頃《ひところ》のように一部の役員が騒いでいつも紛糾《ふんきゅう》という地合《じあ》いではなくなってきたが、一度決めた条件を蒸し返す理由がないなあ。単に競争相手が脱落しました、では弱いな」

そこへマリアが円ドルの為替のチャートを持ってやって来た。

「キャプテン。この案件にビッド（入札）したのは去年の十一月で、そのときは一ドル一二〇円でした。それが、今は一一二円前後まで下がってきています。この円高基調の中で、三月まで待てば、一一〇円を割り込むかもしれません。そうすると、当社の上限値三五億円でも、USドルでは三二ミリオンになります」

「なるほどね。それ、面白いね。どちらにせよ、これから優先交渉権をもらうわけだから、最終契約の交渉をして、クロージングまでにあと二カ月くらいかかるね。ちょっとトライしてみるか」

波多野が重い腰を上げると、マリアがおどけて、

「イエス、サー」

と答えた。

ゼロ・エミッション・カンパニー

二月中旬に本瓦斯は、決算発表を行った。多くのガス会社は、家庭用のガス需要が増加する冬季の売上を上期と下期に分散させるために十二月決算を採用している。その年度決算の発表は、通常二月に行われる。

「今期の決算については以上お話しした通りですが、この機会に記者の皆さまにもう一つ発表がございます」

美奈子社長が、席上に配付されたもう一つのペーパーを手に取って示した。

その紙のタイトルは、『中日本ガスホールディングス（略称：中日本ガスＨＤ）の設立について』となっている。

美奈子社長は、おもむろに説明を始めた。

「当社は、このたび中日本ガスホールディングスを設立いたします。設立後、四月一日をもって、当社は中日本ガスホールディングスに都市ガス事業を譲渡し、純粋な持ち株会社[*39]となります。それと同時に名称を変更し、持ち株会社が中日本ガスホールディングスとなり、ガス事業を行う会社は本州ガス株式会社となります。つまり名称を入れ替えます。この結果、本州ガスは中日本ガスホールディングスの一〇〇パーセント子会社となり、中日本ガスホールディングスが上場会社となります。これについては、すでに取締役会で決定され、次の株主総会でご審議の上、賛同をいただければと考えています」

会場がざわつき始めた。記者の一人が手を挙げて質問した。

「この会社を設立する意図は、持ち株会社をつくることで、経営を効率化するためですか？」

美奈子社長が答える。その隣には河津専務、その後ろには波多野キャプテンが控えていた。

「意図は二つあります。まず、経営効率化ですが、この会社の下にぶら下がるのは、本州ガスだけではありません。思いを一つにする多くのガス会社にグループに入っていただき、次世代の総合エネルギー企業を目指して革新的な経営を行います。一つの例として、今年四月より開始する電力小売りについては、中日本ガスホールディングスを中核として一体的かつ戦略的に共同して行います」

別の記者が尋ねた。

「もう一つの意図とは？」

「日本を代表するゼロ・エミッション・カンパニー[*40]を目指します」

「それは、どういう意味ですか？」

「昨年末にパリ協定[*41]が締結され、気温の上昇幅について二℃を下回る水準に抑制することが採択されました。中日本ガスホールディングスは、これを実現するため、二〇三〇年に昨年比で温室効果ガスの排出量を半分に減らします」

記者が一様に驚いた。

「ガスの原料は、ＬＮＧとはいえ化石燃料[*42]ですよね。どうしてそんなことが可能なのですか？」

「三つの方策を進めます。まず、ＩＴを駆使したスマートマネジメントシステムをすべての需要家に導入してエネルギー効率の極大化を図ります。次に、当社グループが供給する電力の半分以上を再生可能エネルギーで賄《まかな》い、しかもその比率を毎年上げていきます。三番目に、地元の自動車会社と連携して充電スタンドや水素ステーション[*43]を域内全域に展開し、ＥＶ（電気自動車）[*44]など次世代環境車の普及率を一気に高めます」

　また、別の記者が手を挙げた。

「素晴らしいお考えだと思いますが、いずれも莫大な投資が必要となります。資金的な裏付けは、どのようにお考えですか？」

「世界の金融の潮流は、環境への配慮などＥＳＧの推進に大きく舵を切っています。国連もＳＤＧｓという持続可能な十七の開発目標を設定し、この実現を積極的に後押しする考えです。当社の方針は、完全にこれらとマッチしており、すでにわが国の官民ファンド[*45]をはじめ欧米の年金基金[*46]を含む数多くの世界的な投資家から当社の経営を支援する意見表明をいただいております」

　会場の片隅で美奈子社長の説明を聞いていた涼太は、自分が本瓦斯に入ってこれほど誇らしいと思ったことはなかった。都落ちして入った会社が、今や世界の投資家の注目を浴びる会社の一つになろうとしている。

　会場にいる記者たちも最初は半信半疑で聞いていたが、次第に質問が熱を帯びるようになり、やがて会場全体が興奮して熱気に包まれたようになった。

「各紙とも、すごく大きな取り上げ方でびっくりしました」

翌朝出社した波多野に涼太が言うと、

「この件があったから、キャプテンは、東京はもとより、海外にもよく出張に出かけていたんですね。それにしても、チームのメンバーに一言も話してくれなかったなんて、ひどいじゃないですか」

とマリアも拗《す》ねた笑顔を見せた。

そこへ、裕也とひとみがやってきた。

「どうも、久しぶり。相変わらず、忙しそうですね」

裕也が古巣に戻ってきた喜びを隠さず、楽しそうに話す。

「あれ、どうしたの？」

涼太が聞くと、ひとみが答えた。

「いよいよプロジェクト・マリアが動くって由紀さんに聞いたから、助っ人にきたの」

「二人がきたら、もう成約間違いなしね」

由紀が頷いて言った。

「では、プロジェクト・ロッキーからいこうか」

波多野が促すと、まず天野警部が話し始めた。

「買収金額をはじめ基本合意に盛り込む諸条件については、すでに両者で合意済みです。岩沼社長は、清水ガスの一部の幹部社員に対して、デューディリジェンス受け入れの準備を始めるように指示したそうです」

「よし、いい感じだな。では、プロジェクト・マリアは？」

波多野の声に由紀が応じた。

「デイビッドに対して三二ミリオンUSドルを支払う用意があると伝えた上で、先方の反応を待っています。こちらはすでに二次入札のタイミングでデューディリジェンスを済ませており、価格で折り合えば、後は一気に進むと思われます」

「よし、と。それから、涼太、病院の方は？」

涼太が、おもむろに手元のメモを見ながら答える。

「市役所の認可を待っている状態です。先方の決裁の準備は完了しており、すでに医師、看護師の相互交流も始まっています。浜松厚生会からは、双方の病院が連携した新たな診療体制のプランが手元にきております」

「さてと、後はなんだ？」

ひとみが手を挙げて発言した。

「昨日の記者会見を受けて、伊豆ガスから中日本ガスホールディングス設立の暁《あかつき》には、出資比率の引き上げの可能性があるか打診がきています」

「お、早速反応が出てきたね。もちろん可能性はあるが、タイミングが問題だな。もっとも、鉄は熱いうちに打て！　かもな」

波多野は、そこまで言って表情を引き締めた。

「さて、個々の案件は、それぞれの担当に任せる。やるべきことをきちんと迅速に処理してくれ。問題は、昨日発表した中日本ガスホールディングスを上場させた後の経営だ。これがうまくいくと、株価は上昇し、今の本瓦斯、清水ガス、伊豆ガスの三社集めてもせいぜい時価総額一〇〇〇億円のところ、二〇〇〇億円、さらには三〇〇〇億円ぐらいまで上昇する可能性がある。こうなれば、愛知ガスの時価総額と肩を並べ、大手三社の仲間入りだ。そこで、次の大同合併を図る。静岡や愛知、三重、岐阜と中部圏全域に跨る総合エネルギー企業グループをつくり、関東の東西電力と提携して、さらなる飛躍を図る。原料も、北米のシェールガスの輸入を進め、ＬＮＧの調達力を大きく強化させる」

「キャプテンの構想は尽きるところがありませんね」

裕也が感心して言った。

「単にアイデアだけじゃなく、それを本当に実現させるところがすごい」

警部が相づちをうち、みんなも納得して頷いた。

「さあ、仕事だ」

波多野が気合いを入れ、メンバーは、それぞれのデスクに散って行った。

シェールガス

三月に入ると、からっ風が少しずつ影を潜め、春の訪れを感じさせる日差しが浜松の街並みに注ぎ始めた。

月初めのブリーフィングで、以前から由紀がフォローしていた北米のシェールガスの投資案件について交渉進展の報告があった。

「テキサス州でゴールド・エナジー社が開発しているシェールガスのガス田の権益ですが、かねて東西電力が二五パーセントのシェア獲得を条件に三〇〇億円ほど投資しておりました。それが近隣に有望なガス田が見つかり、追加出資の依頼が米社からありまして、東西電力と当社で対応しようと協議中です」

「ふーん、具体的には？」

波多野が質問した。

「二社で五〇億円ずつ計一〇〇億円投資することで、当社はゴールド・エナジー社の新規ガス田の五パーセント弱の権益を確保することができます」

「最近、エネルギー価格が下落して久しいけど、このタイミングで追加投資して採算面は大丈夫？　いきなり倒産とかしないの？」

「それは大丈夫です。もともと当社の株主には米国の有力企業が名を連ね、財務体質も盤石《ばんじゃく》です。それに、今回の追加投資には、われわれ以外に米国の著名なファンドも参加を表明しています。今のエネルギー価格が長期化しても、まず経営には問題ありません」

「そのガス田、技術的には問題ないの？　例えば、地層の構造とか埋蔵量とか」

「はい、それは慎重に調査しましたが、専門家の意見では、極めて有望なガス田で経済性もまったく問題ないとのことです」

「それで、そのガスは米国内で売るの？　それとも日本に持ってくるの？」

「当面は、米国内で売りますが、二年後に近隣に液化施設が完成しますので、その後は、日本に持ってくることができます」

「いいね。アメリカのエネルギー省の輸出認可は？」

「まもなく下りる見込みと東西電力から聞いています」

「すると、清水ガスのＬＮＧ受け入れ基地で受けることができるな。これで中東から輸入していたＬＮＧに加えて、もう一つ安定したＬＮＧの供給源が増えることになるね。こりゃ、将来が楽しみだ」

　珍しく波多野キャプテンが満足そうに笑みを浮かべた。

「それで、どうする？　次の定例の経営会議は二週間後で、その後に取締役会があるけど」

　由紀が答えた。

「来週早々にアメリカのヒューストンで、ゴールド・エナジー社が投資家を集めて大規模な説明会を開きます。そこで、ガス田の詳細な情報が公開され、あわせて投資の諸条件も話し合われます。できれば、それに出席して条件面を詰めて、再来週の経営会議にかけたいと思いますが」

波多野は即断した。

「いいよ。……さて、それで誰をつけるかな。おれが行きたいところだが、中日本ガスの立ち上げが佳境でここを離れるわけにはいかない。フィリピンは、裕也とマリアで大丈夫。伊豆ガスは、ひとみが欠かせない。そうなると、清水ガスは、おれが指導してひとみに手伝ってもらうとしよう。病院は、もちろん警部に任せる。となると手がすくのは涼太だな。よし、涼太、お前ヒューストンに行ってこい。由紀に徹底的に鍛《きた》えてもらえ」

涼太は、びっくりした。確かに手伝っていた清水ガスの交渉が軌道に乗り出し、病院の譲渡手続きも一段落して少し余裕が出てきていた。ただし、清水ガスのデューディリジェンスは、これからが本番で、まだまったく気の抜けない状況だった。もっとも、ひとみは伊豆ガスの出資もこなしており、波多野が指導すれば任せて安心である。そして、由紀と二人で米国出張だ！

少し浮き足立って心が弾みかけたところで、由紀が分厚い英文の資料を涼太の机の上に置いた。

「これ、ゴールド・エナジー社が送ってきた投資家向けの説明資料。プリントアウトしたから、出発までに全部読んでおいて。知らない専門用語は必ず確認すること。それから、マリアに言って、先日、彼女に出てもらったゴールド・エナジー社とのテレカン（電話会議）の録音と、その内容をまとめたメモをもらっておいて。同じものを涼太さんにヒューストンで作ってもらうから、事前によく英語を聞いて耳を慣らせて、メモ作成の要領も知っておいてほしいの」

由紀の指示には無駄がない。涼太は慌ててもらった資料をめくった。一〇センチ以上の厚さだ。ガス田の概要など投資家向けの情報を満載した英文が一〇〇〇ページ以上にわたってぎっしりと印刷されている。そして、テレカンの録音とメモ。これは、相当ハードな出張になるかも、と少し気持ちを引き締めた。

「ところで、涼太さん、今日の夕方空いてない？　ちょっと、ショッピングに付き合ってほしいの」

「はい、空いています」

由紀の問いかけに涼太が勢いよく答えると、ちょうど電話会議のメモを持って来たマリアが好奇心に目を輝かせた。

「マリアもよかったら来る?」

由紀が声をかけると、彼女は嬉しそうに頷いた。


その日の夕方、涼太は、由紀とマリアと一緒に三人で駅前のデパートに行った。以前働いていた本瓦斯不動産の駅前支店の幟がデパートの建物の陰にはためいているのが見えた。

由紀さんの買い物って何なのだろう? 涼太が興味津々でデパートの一階に入ると、由紀は、すぐにエレベーターに乗って、五階のボタンを押した。紳士服売り場である。

「ちょっとおせっかいだけど、涼太さん、そろそろスーツ新調しない?」

由紀が茶目っけのある流し目を涼太に送ると、マリアは喜んで言った。

「涼太さん、由紀さんと二人でアメリカにご出張でしょ。そのリクルートスーツじゃ失礼ですよね」

え、由紀さんの買い物じゃないんだ。それにしても、マリアの言い方はひどい。確かに今日は、五年前の入社式に間に合わせた黒のリクルートスーツを着ている。夏と冬と二着ずつ、量販店で買った黒と紺の既製品のスーツを、これまで仕事着として使い回してきた。さすがに生地がすれて光り、ちょっと着古した感じがするのは否めない。

「上品で若々しくて、でも仕事できますって信頼感を主張できる服。それに、身体にフィットしていることも大事」

由紀は、そう言いながら、スーツ売り場を見回して、イタリアブランドのコーナーで一着選んだ。

「私、本当はグレーとか好きなんだけど、やっぱり紺かな。ちょっと着てみて」

涼太が着るとピッタリだった。

「涼太さんて、インカレ（大学選手権）の空手で活躍してたんでしょ。上背《うわぜい》があるから着痩せして見えるけど、結構肩幅あるんだ。だから今日着てる服、ちょっと窮屈なのよ」

マリアは、隣で古い学内情報を持ち出しながら好き勝手に騒いでいる。

涼太がスラックスの寸法を合わせている間に、由紀はシャツとネクタイを選んで来た。それを見たマリアが、すかさずカフスボタンとベルトと靴下を選んだ。

由紀は、マリアが選んだ品を、さっと一瞥《いちべつ》するとにこりと微笑んだ。

「さすがマリアちゃん、いいセンスね」

そして涼太を靴売り場に連れて行き、由紀が選んだ革靴を履かせてショッピングは終了した。

「ネクタイは私の奢りね」

由紀が言うと、マリアも負けじと
「じゃ、私はカフスボタンをプレゼントしちゃう」

と急いで付け加えた。涼太は、年下のマリアに奢らせて悪いな、と思いながら、実は少しほっとした。今日一日の買い物で、年末にもらったボーナスのかなりの部分が消えていた。


由紀からもらった膨大《ぼうだい》な英文資料を読むのは、とてつもなく骨が折れる作業だった。まず単語がわからない。シェールガスのシェール（shale）とは、岩石の隙間にガスを保有する頁岩《けつがん》*47を示し、ガスを含む地層を gas-rich shale というところから涼太の勉強は始まった。資料は、ガス田の場所、地層の広がり、ガスの成分、埋蔵量から始まり、生産・販売計画、収支予測、出資金を含む資金計画、環境対策など多岐にわたっていた。

涼太は電子辞書を駆使しながら資料と格闘したが、最初は一日かけて三〇ページしか読めなかった。それが、二日目は五〇ページ、三日目は八〇ページと一日で読む量が徐々に増え、四日目以降は一〇〇ページ以上を読みこなせるようになった。

マリアから渡された電話会議の録音は、さらに難物だった。個別の面談ではないので、誰が何について話しているのか最初はまったく見当がつかない。もっとも、マリアが日本語でまとめた議事録は非常によくできていて、これは大変参考になった。


由紀と涼太は、成田から直行便でヒューストンに入った。約一五時間のフライトである。

ヒューストンは、メキシコ湾岸から少し奥まったところに位置し、飛行機の窓から見ると砂漠の真ん中にある大都会のように見えた。投資家向け説明会は、その都心にあるコンベンションセンターに隣接したホテルの宴会場を含む一つのフロアを借り切って行われる。

日曜日の昼過ぎにホテルにチェックインすると、由紀は、「二十分後に私の部屋に来て」

と言った。

指定された時刻に行くと、由紀の部屋は例によって二部屋続きのセミスイートだった。手前の部屋に応接セットとダイニングテーブル、次の部屋がベッドルームで、その間にバスルームとクローゼットがある。

「明日からの四日間、毎朝この部屋でブリーフィングして、それから会議に出かけるの。ブリーフィングは、その日の予定を見ながら、面談する相手の情報を確認する。会社のプロフィールや本人の経歴はもちろん、相手の会社がシェールガスのプロジェクトにどのように関わっているのか、また日本企業との関係があれば、それも調べて教えて。私が先週入れたアポイントと波多野キャプテンに紹介してもらった面談相手は、あらかじめマリアに調べてもらったわ。でも、それ以外にも会う人ができるから、それはマリアと相談してファイルを作って付け加えて」

由紀は、涼太が頷くのを見ると、続けて言った。

「涼太さんには、明後日からの個別の面談の最初に本瓦斯の紹介をしてもらう。この会議に出てくる人は、欧米のメジャー（国際石油資本[*48]）のマネージング・ディレクター

（部長）やファンドのＣＩＯ（投資担当役員）、それに投資銀行のマネジャー（課長）クラス。会社によってはＣＥＯ（最高業務執行者）も出ている。でも、ほとんどの人は、私たちの会社のことは知らない。だから、涼太さんに本瓦斯のことを精一杯アピールしてほしいの。もちろん質疑応答は私も手伝うわ」

涼太は、由紀が手伝うと言ってくれて安堵《あんど》した。ひとみとマリアが本瓦斯を紹介した綺麗なプレゼンテーション資料を作成し、マリアが「特別サービス」と言って、英文の発表原稿も作ってくれた。でも、自分一人で英語の質問に答える自信はなかった。

「一番大事なことは、その日の面談で聞いたり話したりした内容をメモにして、その日のうちに私に送ってほしいの。私が、それをチェックして、波多野キャプテンに送って、指示を仰ぐ。日本語のメモを起こしているヒマはないから、最初から英文のメモを作って」

涼太が、わかったと頷くと、由紀は微笑んで言った。

「じゃ、明日は朝六時半にこの部屋に来て。七時に朝食のルームサービスを頼んでおくから」

こうして、由紀と二人三脚のシェールガス投資の条件交渉合宿が始まった。

月曜日は、午前中にホテルの大きな会議場でシェールガス・プロジェクトの概要説明が行われた。また午後から二つに分かれて技術的な面と投資採算的な面の両方について、説明会がそれぞれ中規模の会議室で行われた。涼太は技術、由紀は投資採算のグループに回った。技術面の話は、事前に概要資料を読み込んだお蔭でなんとか理解することができた。

その日の夕刻、ゴールド・エナジー社主催のウェルカム・パーティーがホテルのボールルーム（宴会場）で開かれた。

「涼太さん、エスコートしてくれる？」

由紀に頼まれて、涼太は新調したスーツに由紀が選んでくれたネクタイを締め、彼女を部屋に迎えに行った。

ノックしてしばらく待つと由紀が出て来た。

涼太は嘆声《たんせい》をあげた。由紀は、まばゆく光る真紅のシルクのドレスを着ていた。横に回ると背中が少し開いていて、まるでヨーロッパの映画祭でレッドカーペットを歩く女優さながらだった。

（考えてみたら、由紀さんて、そもそも女優だった）

このところ、インベストメントバンカーの由紀しか見ていなかった涼太は改めて納得した。

立食パーティーのレセプションは、一千人を超える人で賑わった。投資説明会の参加者だけでなく、石油とガスの街ヒューストンで働くエネルギー産業の関係者が数多く出席していた。そして、由紀は間違いなく注目を集めた存在だった。

オリエンタルな美貌《びぼう》に紅いシルクのドレス、そして相手の気を逸《そ》らすことなく豊富な話題について完璧な英語で話す彼女には、名刺交換を求める長い列ができた。さらに由紀は、さりげなく本瓦斯をさまざまな人に売り込んでいた。涼太は、そのような由紀をエスコートする立場に少し優越感を味わったが、同時によれよれのリクルートスーツで来なくてよかったと、由紀とマリアに感謝した。

その翌日から個別面談が始まった。ゴールド・エナジー社のＣＦＯ（財務担当役員）との面談の前に、昨日のレセプションの際に知り合ったメジャーのマネジャーと意見交換をしたり、波多野の紹介で、他のファンドのマネジャーと情報交換するミーティングを持った。

その日の夜、指示通りメールを十二時前に由紀に送って涼太はシャワーを浴びて寝た。時差の影響か、あっと言う間に眠りに落ち、翌朝六時に起きて、ふとメールの受信欄を見ると、昨晩、由紀に送ったメモは午前二時過ぎに波多野に転送され、その返事に対する由紀と波多野の細かいやり取りが続き、最後のメールの発信は午前三時半だった。

「由紀さん、ほとんど眠っていないや」

涼太は独り言を言いながら、由紀の部屋に向かった。

由紀は疲れた様子も見せず、いつも通りにスケジュールと面談相手のプロフィールの確認をした後、少し声の調子を強めた。

「昨日、大手石油開発会社のインド系のマネジャーと会ったわよね」

「ええ、インド訛《なま》りで『R』をいちいち『ル』と発音するので、ひどく聞き取りにくかった」

「今回のシェールガスのプロジェクトのこと、何て言ってたか覚えてる?」

「意外に好意的な評価をしてましたよね」

「そう。最大の問題は何て？」

「環境対策。例の水処理の問題ですよね」

「そうね。シェールガスを採掘するときに頁岩に注入する水の排水が、水質汚染を引き起こさないか議論になっていると。それで？」

「パルティーとか訛って言ってましたけど、後で気づいたら、パーティー（Party）ですよね。だから、環境保護の集会（Party）を開いて地域住民と対策を議論するのか、と」

由紀は首を振った。

「違うの。パーティー（Party）には、『政党』という意味があるの。彼は、現政権は環境保護に熱心だから、ガス田から消費地にガスや石油を送るパイプラインの敷設を規制することで排水量を抑える対策をとっていて、それが最大のボトルネック（隘路《あいろ》）だと話していた。だから、豊富な埋蔵量や生産余力はあっても、生産量が抑えられる政治的なリスクがあるって。でも今後、政権政党がかわれば、事態は好転する可能性があるとも言っていた」

由紀は、かすかにため息をついて、また聞いた。

「ね、それから昨日会ったファンドマネジャー、金額を言っていたの、覚えてる？」

「ああ、一パーセント、フォーティ（Forty）とか言っていました」

「涼太さん、それは聞き間違い。彼は一パーセント、フォーティーン（Fourteen）ミリオンUSドルと言っていたの。つまり、ガスの権益を一パーセント得ようと思ったら、一四〇〇万ドルを出資する必要がある、と言っていたのよ」

「え、そうなんですか？　確か当初の予定では一パーセント一〇〇〇万ドルじゃなかったのでは？　だから五〇億円の出資で五パーセント弱の持ち分をもらえると思っていました」

「もともとの話では、そうよ。でも、さっき言ったように、このプロジェクトが予想外に有望だということが次第にわかってきて、出資を希望する投資家が増えてきた。それで権益に紐《ひも》づく出資額を引き上げるかもしれない、と話していたのよ」

涼太は青ざめた。投資判断に重要な論点をまったく聞き取れていなかった。しかも、聞き間違えたメモを由紀に送っていた。由紀は、それを手直しして波多野に送信し、さらに海を越えて二人で対策を練っていたのだ。

「すみません。まったく気づきませんでした。それで、波多野キャプテンは何て？」

「投資判断に関して悪い材料は出ていないから、出資を積極的に取りにゆきたい。ただし、ほかの投資家が、この案件に群がってくると、うちはカット・バック（cut back：減額）されるか、下手するとキック・アウト（kick out）されるかもしれないと」

「キック・アウトって、つまり外に蹴り出されるということですか？」

「そう。だって、本瓦斯は、当地ではまったく無名の事業者でしょ。なんとか昨日のレセプションで少し名前を売ったけれど、私と涼太さんは、社長でも役員でもないただの平社員。頼りになるのは、最初の開発プロジェクトからここに投資している東西電力だけ。でも、東西電力だって、まず自分の権益を確保したいわ。それに、仮に出資額が四割アップとなっても、総資産でうちの十数倍の規模の東西電力ならびくともしない。本瓦斯には、テキサスのガスに百億円近いお金を投資する余裕はないと思うの」

「うーん」

涼太はうなった。役立たずの上に事態をまったく把握していなかった。

「ね、涼太さん。ここには、本瓦斯の代表は私たちしかいないの。二人でなんとかするしかない」

涼太は、追いつめられた気持ちになって、思いを巡らせた。

「例えば、美奈子社長に頼んでご主人にお願いして、東西電力の役員から本瓦斯を強く推薦してもらってはいかがでしょうか？　それからこの前、清水ガスの岩沼社長に会ったときに、波多野さんが以前所属していたファンドがシェールガスに投資していたと話していました。もしかしたら、キャプテンのお知り合いにゴールド・エナジー社に顔が利く人がいるかもしれません。その人を探し出して、プッシュしてもらってはいかがでしょう？」

涼太が言うと、由紀も少し表情を明るくして頷いた。

「そうね、やれることは何でもやってみるしかないわね」

その日の午前中に、ゴールド・エナジー社のCFOとのミーティングがあった。CFOは、由紀と涼太の話はじっくり聞いてくれたが、本瓦斯の出資を受け入れるとは明言せず、他方で出資額の引き上げにも言及しなかった。

その日の午後、涼太は、稼働中の近くのガス田と液化施設を回るゴールド・エナジー社主催のフィールド・トリップに出かけた。その際に親しくなった日本人の商社マンの話だと、ガス権益の一〇パーセントは日本の企業連合に譲り渡す予定で、そのうち半分は、かねてより取引のある東西電力で決まっているが、残りは、日本の大手のガス会社か商社じゃないかと言っていた。どこに決まるかは、ゴールド・エナジー社のCEOの判断次第とのことだった。

その頃、由紀は波多野に連絡して、彼の古巣のファンドの創業者で元パートナーだった米国人女性がゴールド・エナジー社のCEOと非常に親しいことがわかった。しかし、いま休暇中で連絡が取れないとのことだった。

こうして投資家説明会の三日目、水曜日の夜を迎えた。明日、四日目の朝、出資者候補となる優先交渉者が絞られ、出資契約の具体的な手続きの打ち合わせが個別に行われる。その交渉に進めないと、「キック・アウト」されたことになる。

夜にゴールド・エナジー社のCEOが主催する着席のパーティーが行われた。客は、ガス田への投資を希望する招待者だけで二百名ほどだった。由紀は、落ち着いた濃いグリーンのワンピースで臨んだ。涼太の勝負服はお決まりのスーツとネクタイである。

パーティーは、地元の知事や上院議員の挨拶で始まり、CEOの謝辞で何事もなく終わった。

涼太が部屋に戻ろうとする由紀を追いかけながらエレベーターホールに向かうと、知事や上院議員を玄関まで見送ったゴールド・エナジー社のＣＥＯが、ＣＦＯを伴ってロビーを戻って来るのが目に入った。ふと見ると、由紀がエレベーターを待ちながら電話をしている。波多野と話をしているのかもしれない。ＣＥＯは、ゆったりとした足取りでエレベーターホールの前を過ぎると、ホテルのバーにＣＦＯと入って行った。

由紀が涼太の方を見て手招きした。

涼太が由紀に近づくと、彼女が弾んだ声で言った。

「波多野キャプテン、ファンド時代のパートナーをつかまえたみたい。いま休暇から自宅に戻ったらしく、事情を話したら、ＣＥＯをよく知っていて、本瓦斯の売り込みのこと、引き受けてくれるそうよ」

「ね、じゃあ、今からＣＥＯのところに行きませんか。ＣＦＯと一緒にホテルのバーにいます。今がチャンスです」

涼太が言うと、由紀は一瞬戸惑ったが、すぐに頷いて、バーに向かって歩きだした。

ホテルのバーには、レセプションに参加した客がかなりの数あちこちに散らばって座っていたが、幸いＣＥＯとＣＦＯは奥まった席に向かい合って座り、周りには誰もいなかった。由紀は、ゆっくりと近づいて行くと、声をかけた。

「こちら、失礼してもよろしいでしょうか？」

CEOは、少し驚いた表情を見せたが、由紀を見るとすぐに鷹揚に頷いた。由紀の顔は、濃いグリーンの服とは対照的に、ピンクに上気して華やかに輝いて見えた。

すでに初日の立食パーティーで名刺交換は済ませてあり、由紀は、簡単に自己紹介すると、投資説明会のプログラムは、どれも素晴らしい内容で、加えて今日のパーティーの料理もとても美味しかったと付け加えた。すかさず相手のセッティングの良さを褒めるあたり、さすがだった。

CEOも悪い気はしないらしく、由紀と涼太に飲み物を勧めた。運ばれて来たテキサスのバーボンで乾杯すると、由紀は本題に入った。

「私ども本瓦斯は、東西電力の進めもあり、今回の貴社のガス田開発に強い関心を抱いています」

そこで、中日本ガスホールディングス設立により、日本の四大ガス会社の一角を占めるに至ったことに加え、ゼロ・エミッションへの取り組みについて簡潔に紹介した。

CEOは頷いて言った。

「貴社のことは今日、東西電力の副社長から直接メールをいただいており、気にかけていました。ただ、日本の企業からの出資希望が多くて、うちのＣＦＯも配分に悩んでいます」

「実は、その件で、ぜひお話をお聞きいただきたい方がいらっしゃいますの」

由紀は、そう言うと、涼太に目で合図した。すぐに涼太は、由紀に教えられた電話番号を押して、相手が出ると、できる限り正確な英語で、本瓦斯の者だが、いまゴールド・エナジー社のＣＥＯと出資の件で話しているので、サポートしてほしい旨を伝えた。そして、電話をＣＥＯに渡した。

ＣＥＯは怪訝《けげん》な顔で電話を受け取ったが、話しだすと、すぐに明るい表情に変わった。

「やあ、ホリーじゃないか。ずいぶん久しぶり、元気？」

ホテルのバーの中での通話なので、ＣＥＯは、

「ちょっと、この電話を借ります」

と言って、ロビーに出て行った。

残されたＣＦＯが少し手持ち無沙汰にしているのを見た由紀が、グラスを合わせて、ヒューストンに来たのは久しぶりなどと話をしていると、ＣＥＯが戻って来た。

「話は、聞きました。後は、こちらで相談します。ただ、仮に前向きに進めるとして、二つ条件があります」

ＣＥＯの話に、由紀は何でしょう？　と緊張した面持ちで顔を上げた。

「まず、当社は一緒に事業を展開していただけるパートナーを出資者に求めています。つまり、短期間で値上がり益を求めて第三者に当社の株式を売却する金融機関のような投資家[*49]ではなく、中長期に株主となっていただき、当社と協調してシェールガスのビジネスを広げてくれる戦略的な投資家を求めています。貴社には、その覚悟はおありですか？」

由紀は、

「もちろんです」

と即答した。

次に、ＣＥＯは、こう聞いた。

「私たちは、今回の増資手続きを迅速にまとめたいと思っています。これまでさまざまな日本の企業とお付き合いしましたが、しばしば経営判断に時間がかかることに悩まされました。もし、当社がゴーサインを出した場合、できれば貴社には来週中、遅くとも二週間以内に最終的なゴーサインを返していただきたいのですが、それは大丈夫ですか？」

由紀は、

「それも大丈夫です」

と頷いた。

ＣＥＯは手を差し伸べた。由紀も手を伸ばして、二人は握手をした。そして、ＣＥＯは涼太にも握手を求め、涼太は喜んでそれに応じた。

その翌日、本瓦斯は具体的な出資契約の交渉に入り、その結果、東西電力と並んで五〇ミリオンＵＳドルの出資で、当初の思惑通り五パーセントの権益を確保できる目途が立った。

ロサンゼルスに寄って帰ると言う由紀と空港で別れるとき、涼太は由紀から改めてお礼を言われた。

「あのとき、ＣＥＯをつかまえるという判断をしなかったら、今回のミッションは果たせなかったわ。涼太さんのお蔭ね。どうもありがとう」

出張中ずっと由紀さんのお荷物だったと申し訳なく思っていた涼太が、思いがけなく帰り際に由紀に褒められて、少しは貢献できたのかな、と心の底からじわりと嬉しくなった。

もっとも由紀は、

「来週の経営会議の資料のドラフト、月曜の朝には提出してね」

と言うのも忘れなかった。

サイニング・セレモニー

三月下旬になって、浜松城に桜が咲いた。昨年よりも少し遅い平年並みの開花となった。

本瓦斯病院は市の認可が無事下りて譲渡が完了し、看板も『浜松厚生会みなみ病院』となった。

清水ガスのデューディリジェンスは無事終わり、最終契約の調整に入っている。五月の連休明けに調印して、六月には株式の引き渡しが完了する。もちろん清水ガスは、本瓦斯ではなく、四月一日に上場する中日本ガスホールディングスの子会社となる。

伊豆ガスも同じタイミングで中日本ガスホールディングスの子会社となることが決まった。

本瓦斯は、最近になって四月以降の中日本ガスホールディングスと本州ガスの経営陣を発表した。中日本ガスホールディングスの社長は波岡美奈子。そして、事業会社である本州ガスの社長には、河津専務が就くことが決まった。創業者一族ではない社長が初めて静岡組から誕生した。徳太郎会長は、本州ガスの相談役に退き、経営の第一線から引退する。もう美奈子社長ら後進の者たちに任せて良いと判断したのであろう。

さて、プロジェクト・マリアである。

マリアの円ドル相場の読みはずばり的中し、為替《かわせ》は年明け以降ずっと円高ドル安の基調を堅持《けんじ》し、すでに一ドル一一〇円近くまで下がっている。もういつクロージングしてもよい状態だった。

由紀の活躍に加えて裕也とひとみの頑張りで、最終契約の詰めは順調に進み、三月末にフィリピンのマニラで火力発電会社買収契約の調印式を開くことになった。出席するのは、美奈子社長と由紀、裕也、涼太そしてマリアである。ひとみは、eスポーツの大会がラスベガスであるということで残念ながら欠席となった。

涼太らが前回泊った思い出深いホテルで、契約調印後のレセプションが開かれた。

スペインから売主の電力会社の副社長がマニラに来ていて、由紀とマリアが交互に通訳をして、美奈子社長との会話が盛り上がっている。もともと美奈子社長は、欧州の電力会社で働いていたことがあり、先方の業界事情には詳しく、むしろ今後の中日本ガスホールディングスの経営に生かそうと最新のエネルギー業界の動向を知ろうと努めているようだった。

宴もたけなわのところで、司会役の火力発電所の所長がグラスをスプーンで叩き、美奈子社長が会の中締めとして謝辞を述べることになった。

「引き続きスペインの電力会社のご協力をいただきながら、皆さんとともに、この素晴らしい火力発電所の運営を着実に進めて参りたいと思います。ありがとう、サンキュウ、そしてグラシャス、サラーマット」

英語に続いて、スペイン語とタガログ語のありがとうを言ったところで、盛大な拍手が起こった。短いが心のこもった挨拶だった。

宴が終わり、主だった出席者を見送った後、美奈子社長が部屋に戻りながら、由紀た

ちに、

「よかったら、私の部屋に来ない？　ささやかな慰労会をしたいんだけど」

と誘った。由紀と裕也が美奈子社長についていく後を、涼太が追いかけようとすると、

「由紀さん、先に行って。私、涼太先輩と後から行くから」

とマリアが涼太を引き留めた。

由紀が頷いて美奈子社長をエレベーターに案内するのを見送りながら、マリアは、涼太をレセプション会場に隣接したバーの中に誘った。ピアノが聞きなれた映画音楽のフレーズを優雅に奏《かな》でている。奥に小さなダンススペースが見えた。いずれも夫婦と思われる初老の白人と中年のインド人のカップルがゆったりと踊っている。

「涼太さん、私たちも踊りましょうよ」

マリアが涼太の手を取ってフロアに進んで、手を組み、互いにもう片方の手を肩にまわした。マリアの硬くとがった胸が涼太の胸にかすかに触れる。思ったよりも華奢《きゃしゃ》な体つきだ。マリアの首筋からシトラス系のさわやかな香りが立ちのぼる。ふと見ると、もうひと組、地元の若いカップルが手を取り合ってフロアに出て来ていた。

曲がスローなメロディーに変わった。淡い照明はマリアの横顔をほのかなピンク色に照らしている。

「お疲れ様でした」

涼太がマリアの耳元で囁くと、マリアは軽く首を振った。

「楽しかった」

「そうだね。忙しかったけど、楽しかった」

マリアの言葉に合わせて涼太が言うと、またマリアは首を振った。

「涼太さんて、由紀さんのこと好きでしょ」

涼太は、何か言おうとして口ごもったまま黙っていた。

「いいの、知ってるから。でも、由紀さん、きっといなくなっちゃうよ」

えっ、そうなんだ。涼太は動揺したが、でも同時に納得していた。だって、あの人がいつまでも浜松のガス会社にいるはずがないと思う。

「足のリハビリが無事終わったので、また踊りたくなったんだって。今度、ハリウッドでミュージカルを撮る話があって、由紀さんのところにもオファーがきているそうよ。東洋系のダンサーがいるとか。近いうちにロスに行って、オーディションを受けるかもしれないって言っていたわ」

マリアは、顔を涼太の横顔の下にピッタリとつけた。マリアの髪がかすかに揺れている。

「由紀さんって、ミュージカルでは結構、名の通った女優さん。『YUKI　MASHIRO』でネット検索したことある？　ブロードウェイのミュージカルもハリウッドの映画もいくつも出演している。もちろん、由紀は本名かもしれないけど、『真白ゆき』はステージネーム（舞台名）よ。つまり芸名。だって、英語に直すと『SNOW　WHITE』って白雪姫のことよ」

知らなかった。でも、最初からそうかもしれないと思っていた。

「波多野キャプテンもアメリカに戻るかもしれないって」

「えっ、そうなの？」

今度は、少し驚いて声を出した。

「アメリカのファンドから声を掛けられていて、中規模の航空会社の経営を立て直してほしい、と頼まれているみたい。この前、天野警部と話しているのを聞いちゃった」

「でも、キャプテンは、ケーキ室を離れるわけにはいかんだろ。だって、今や間違いなく美奈子社長のブレインで会社の経営戦略の司令塔だよ」

「私もそう思う。でも、キャプテンは、自分のような外の人間が長い間居座るのはよくないって言っていた。それに、別れた元ＣＡ（客室乗務員）の奥さんのこと忘れられないみたい。だから、アメリカに帰るかもしれない」

「まあ、確かにお父さんの介護で故郷の浜松に帰って来たけど、もうこの夏がくると一周忌だもんな」

「ひとみ先輩も、ゲーム会社から誘われているんですって。ｅスポーツの選手に育てたいとか。ｅスポーツってアジア大会の正式競技になるという話もあって、プロモーションに力を入れるそうよ」

なんだ、櫛《くし》の歯が欠けるように、みんないなくなっちゃうんだ。

「それで、私だけど、今月末で退社して、来月から東京に行くの」

マリアが少しだけ身体を離して涼太を見上げた。

「えっ、どうするの？」

今度は、涼太も動揺して思わず聞き返した。

「私、東京の大学のロースクールに入るの。裕也さんの出た国立大学の法科大学院。弁護士目指して勉強する」

「すると、将来は浜松に戻ってくるの？」

涼太が聞くと、マリアは首を振った。

「そうしたいけどわからない。せっかくだからグローバルなＭ＆Ａを手掛ける弁護士になりたい。そうなれば、キャプテンや、もしかしたら由紀さんとも、また一緒に仕事をする機会があるかもしれないし」

涼太は、なんて答えていいかわからなかった。

「涼太さん、東京まで会いに来てくれる？」

「もちろん」と言おうとして一瞬とまどっていると、マリアは笑って、今度は完全に身体を離した。

「涼太さん、私、去年このホテルの私たちの部屋であったこと、知っているよ」

確かに一晩泊ったけど、別に何かあったわけではない。むしろ、由紀さんに軽くふられてしまった、甘くせつない思い出だけが残っている。

「由紀さんて真面目だから、仕事のパートナーやクライアントの男性とはお付き合いしないって言ってた」

「……」

「それに、草食系紳士の涼太先輩、ずいぶん頑張ってたみたいだけど、由紀さんにはかなわなかった。だってブロードウェイ＆ハリウッド女優と浜松の一般人男性だもの」

マリアに言われたくない。しかし、その通りだった。

「だから、遠くの白雪姫より、近くの子猫ちゃんよ」

小麦色の顔の奥にきらきら光るマリアの瞳を見て、この娘は子猫じゃない、ピューマだ、立派な肉食獣だ、と涼太は妙に納得した。

第五章　エピローグ（中日本ガスHD東京オフィス）

フェアウェル・パーティー

六月も後半になり、浜松にも梅雨の季節がやってきた。なんとなく気持ちが落ち込む日が続くなか、月曜日の朝になってようやく晴れ間が広がった。そして、いつものように波多野を囲んでブリーフィングが行われた。

「今日は、とても残念なことだが、このケーキ室にとって、これが最後のブリーフィングとなる。

みんなの頑張りによって、中日本ガスホールディングスの持ち株会社化も無事終わり、その後の清水ガス、伊豆ガスのグループ入りも予定通り完了した。この間、フィリピン火力の買収のクロージングも終了し、本瓦斯病院が生まれ変わった浜松厚生会みなみ病院の評判もいい。もちろん、先に売却した介護サービスの子会社も、設備工事会社の傘下で順調に営業を続けているようだ。そして、中日本ガスホールディングスの株価は、連日最高値を更新している。

しかし、前にも言ったが、日本を代表するエネルギー企業としての経営は、まだ緒に就いたばかりだ。これからが本番だと思う。四月にスタートした電力の小売りは、まずまずの出だしだが、まだまだ足りない。そして、来年四月には、いよいよガスの小売り自由化が始まる。それからが、まさに正念場だ。

しかしながら、自分たちの仕事を振り返ってみると、この一年よく頑張ったと思う。そして、このあたりが一つの区切りかなと思っている。全員それぞれのキャリアの道があり、それぞれの人生がある。一期一会《いちごいちえ》で集まったことはけっして忘れない。そして、これからの全員のさらなる健闘を期待したい。

ケーキ室は、来月から発展的に解消される。新しく中日本ガスホールディングスの中に経営企画部ができ、そこに当室の業務は引き継がれる。部長には、浜松組のエース、もっとも今や浜松組も静岡組もないが、志田執行役員秘書室長が就任する。

そして、この中で残るのは唯一、涼太だけだが、涼太には新しいミッションが与えられる」

え、自分も異動なのか、と涼太は急に緊張した。

「中日本ガスホールディングスの仕事は、官公庁や業界団体との連絡調整はもとより、銀行、証券、投資銀行、ファンドとの交渉、さらに海外の投資案件の管理、外国人株主へのＩＲ（投資家向け広報）[*50]と、この数カ月で急速に広がり、浜松の本社だけでは追いつかなくなっている。それで、急きょ東京にオフィスを構えることになり、涼太は、その初代所長に抜擢された。といっても、所長一人、アルバイト一人の二人事務所だが、美奈子社長はじめみんな大いに期待している。頑張ってくれ」

都落ちして浜松に五年いたが、今度は一回り大きくなって東京にカムバックだ。もう都落ちという言葉には終止符を打って、自分の学んだことを生かしながら世話になった地元の会社の成長のために精一杯貢献しよう。

涼太は、次第に胸に闘志が湧き起こるのを感じた。

その日の昼に、かつて世話になった本瓦斯不動産の酒井店長に久しぶりに電話して、東京への転勤の報告をした。

「おう、涼太もいよいよ一人前の一国一城の主だな。気合いを入れて頑張れよ！」

酒井店長の激励の言葉を聞いて、東京への赴任が初めて実感として湧いてきた。


そして、その日の夜。フェアウェル・パーティー（送別会）をオフィスの上にある高級ホテルの最上階の展望レストランの個室を借り切って開いた。美奈子社長をはじめ本州ガスの徳太郎相談役や河津社長も出席し、ケーキ室としては最も盛大で豪華な最後のパーティーとなった。

最初に本州ガスの相談役となった波岡徳太郎が挨拶した。

「私が、本瓦斯の社長として次の世代への交代を考えていたときに、このまま引き継ぐだけでは、うちの会社はやがて消えてなくなってしまうんじゃないか、その前になんとかしなくては、と焦る気持ちに悩んでいた。それで亡くなった波多野さんの父上に相談したのが事の始まりだ。息子がアメリカでぶらぶらしているから呼び戻して手伝わせましょうと言ってくれた。ところが、やってきた波多野さんは、とんでもない剛腕で、最初は、どうなることかと本当に肝《きも》を冷やした。ひと月と持たずに社内は完全に分裂し、破綻《はたん》するのではないか、と本気で考えた。しかし、とにかく来てもらったからには、やれるだけのことはやってもらおうと、後を継いだ社長の美奈子にもきつく言っておいた。そうして、なんとかひと月、ふた月と凌《しの》いでいった。ところが不思議なもので、あれやこれやと右に左にと大騒ぎしているうちに社内が次第にまとまっていった。雨降って地固まるとは、まさにこのことかもしれない。

さて、本州瓦斯が本州ガスとなり、新しく中日本ガスホールディングスという会社ができた。いずれにしても、わが社は、これからが勝負だと思う。波多野さんが率いる皆さん一人ひとりの活躍が非常によいきっかけをつくってくれた。いま流行《はや》りの言葉でいえば、皆さんは、まさしく『神アドバイザーズ』だ。心からお礼を申し上げたい。そして、このスタートダッシュを大切にして、役職員一同、力を合わせて次の頂《いただき》を目指して励んでいきたい」

拍手の後、美奈子社長に促されてチームメンバーが一人ずつ挨拶に立って今後の進路を語った。

波多野キャプテンは、ニューヨークに戻って、ファンドが投資したエアラインの経営再建に携わる。天野警部は、本瓦斯傘下の警備会社とビル管理会社を統合し、そうして新しくできた会社の社長に就任する。浜松に残るのは彼だけである。

由紀は、ロスに行ってハリウッド映画のミュージカル作品に出演する。裕也は、東京にある東西電力本社の経営企画セクションに戻る。ひとみは、やはり東京にあるゲーム会社に中日本ガスホールディングスから出向する。将来の中日本ガスHD所属のeスポーツ選手を目指して技を磨くとともに、競技全体の普及促進を図る。ちなみに、『メイリー』というゲームのプレイヤー名は、『美麗《メイリー》』と書き、中国語で「美しい」という意味だと教えてもらった。

四月から東京の法科大学院に行っているマリアは、今日のパーティーにものすごく来たかったみたいだったが、残念ながら学校の試験と重なり欠席となった。

パーティーが終わりに近づいた頃、天野警部が波多野キャプテンに目配せして

「キャプテン、そろそろやりますか?」

と声をかけた。波多野は頷いて、みんなに声をかけた。

「では、本州ガスと中日本ガスホールディングスの発展と、そして皆さんのそれぞれのキャリアでのご活躍を祈って。加えて、将来この浜松の地で再会することを願いまして、波多野一本締めで締めます。ご唱和ください」

そうして、お手を拝借と、手を構えた。

「ヨーっ」

みんなが手を構える。

「本ガス！」

「ぱっぱっ」

シャンシャンと手拍子二回。

「中ガス！」

「ぱっぱっ」

シャンシャンとさらに手拍子二回。

「ケーキ室！」

「どん！」

全員がシャンと手を打った。その瞬間、花火が飛んだような高揚感に包まれた。

『ぱっぱっどん！』だ。


パーティーが終り、相談役や社長たちがエレベーターに乗り込むのを見送って、さてどうしようかと踵《きびす》を返すと、

「涼太さん」

と声をかけられた。由紀さんだった。少し胸元が開いた光沢のある黒いワンピースを着ている。

「あ、お疲れ様でした」

涼太が軽く頭を下げると、由紀は、バッグから名刺入れを取り出して、名刺の裏に手早く数字を書き込んだ。

「これ、私の名刺。裏にアメリカのプライベートな電話番号とメールアドレス、書いておいたわ。よかったら一度遊びに来て。ロスでの撮影が終わったら、ニューヨークに戻るつもり」

由紀に渡された名刺は、本州ガスでも、中日本ガスＨＤでも、もちろんインベストメントバンクでもなく、『Actress（女優）Yuki Mashiro』となっていて、アメリカの俳優事務所のメールアドレスと電話番号が記されてあった。そして、裏返すと、ボールペンで書いた手書きの番号とアドレスがあった。

「じゃ、これで。涼太さん、お元気で」

由紀が差し出した手を慌てて握った。強く握ると壊れそうな優しい手だった。由紀は、もう一つの手を涼太の手の甲に重ねてくれた。綺麗に伸びた白い指の先に輝く爪が印象的だった。

白雪姫の手のようだな、と思った瞬間、何かが涼太の中で弾けて飛んだ。

「由紀さん、よかったら、もう一度飲み直しません？　マニラの夜みたいに」

涼太の心臓がドキドキと高鳴った。

由紀は、一瞬戸惑った様子を見せたが、すぐに頷いた。

「いいわよ。そうしたら……」

そう言って少し思案すると、涼太に手渡した名刺を受け取って、その裏にペンで数字を書き足した。

見ると、『10：00pm　@RM4401』と書いてあった。

「じゃあね。後で」

由紀は、微笑むと軽く手を挙げてエレベーターに消えていった。

その一時間後、涼太は、緊張した面持ちで、パーティーの開かれた高級ホテルの客室フロア最上階にある角部屋、４４０１号室の前に立ってドアをノックした。

「いらっしゃい」

ドアを開けた由紀は、トロピカルな花柄をあしらったブラウスに白いコットンのパンツに着替えていた。かすかに甘いフローラルの香りが立ちのぼる。由紀の好きな香水の香りだ。

「何か飲む？　美味しいシャンパンがあるけど、どう？」

涼太は、「いただきます」と言いながら、部屋に入った。

入ったところは、広いリビングルームになっていて、白い革張りのソファーセットとは別に、本格的なダイニングテーブルと椅子が置いてあった。その先には大きな鏡があり、その前がフローリングを敷いたダンススペースとなっている。

「このフローリングって、特別にオーダーしたの？」

涼太が聞くと、奥のキッチンから「そうなの」と由紀の声が聞こえた。

ちらりと次の部屋を覗くと、大きな書斎机と黒い革椅子、その奥にキングサイズのベッドが置かれた広い寝室になっていた。さらに、その右奥にバスルームとキッチンとクロークルームがあるようだ。由紀さんは、この部屋を一年間借り切って使っていたのか。さすがセレブはすごいな。

そのとき、初めて聞く、アップテンポで切れのいい、でも情緒豊かな音楽が流れてきた。一度聴いたら口ずさむような耳に残るメロディーだ。

「この曲は？」

「今度出る映画の主題歌。サウンドトラックっていうか、私が踊る曲が入った音源」

あ、それで部屋にダンススペースをつくっているんだ。ロサンゼルスに行ったら、すぐにクランクインするらしいと誰かが言っていた。

「ロスには、いつ行くの？」

由紀が、冷やしたシャンパンのボトルとグラスを二つ持ってきた。

「明日の朝、ここを発《た》って、東京でちょっと友達に会って、それから羽田発でロスに飛ぶの。現地時間で明日の昼前にはロスに着くわ。ＬＡＸ（ロサンゼルス国際空港）から、すぐにスタジオ入りして、撮影日程の打ち合わせとかいろいろ……」

「すごく忙しいスケジュールなんだね」

由紀が、軽やかな音を立ててシャンパンの栓を抜く。グラスに黄金《こがね》色の液体を注ぐと、小さい泡が綺麗に立ちのぼった。

「明日から身体が空くといったら、以前からお世話になっているマネジャーさんにどんどん予定を入れられちゃった。せっかくだから、私も早く踊りたいし……」

涼太は、由紀とグラスを合わせた。

「また踊れるようになって良かったですね。おめでとう！」

「ありがとう」

シャンパンは、口当たりがとてもまろやかで、驚くほど美味しかった。

「もう荷物は、スーツケースにまとめて空港に送ったの。後は、キャリーバックと小さいボストンバックに入るだけ」

由紀は、解放感に満ちた涼やかな顔をしている。これまでチームで一緒に仕事をしていたときは、どちらかというと清楚で落ち着いた感じで、自分を抑えているイメージがあった。もちろん、今は自分の部屋にいてオフタイムということもあるが、さっきから由紀が発散しているオーラは、本来持っているに違いない、生き生きとして華やかで社交的なものに変わっている。もしかしたら、今日は由紀にとって何年かに一度の脱皮の夜かもしれない。この一晩の間に、インベストメントバンカーの衣を脱いで、女優あるいはミュージカルダンサーの衣装をまとうのだろう。

曲は、オープニングの次のダンスメドレーが終わって、少しゆったりとした曲調のものに変わっていた。

「今日のパーティーで、久しぶりに波多野キャプテンと天野警部とゆっくり話したわ。二人とも、チームのメンバーのこと、すごく褒めていた。特に涼太さんは、この一年で本当に努力して、見違えるほど成長したって」

え、ちょっと恥ずかしいけど、嬉しいな。涼太は、少し面映《おもは》ゆく思った。

「私もそう思う。ちょっとスロースターターだけど、吸収が早くて、それにすごい突破力。大器晩成型？　もしかしたらラッキー・ガイかも」

由紀が、茶目っけのある流し目で涼太を見た。

「もちろん、運を生かす力があるっていうこと。あの絶妙のタイミングで看護師さんの目撃証言を引き出すなんてすごいって警部が言ってた。私もヒューストンでワンチャンスを生かしてCEOをつかまえた涼太さんに本当に助けてもらった」

涼太は、ラッキーボーイと言われたせいか、何となく居心地の悪い照れくささを感じた。

由紀は、涼太の表情を読んで、空になった二人のグラスにシャンパンを注いでから言い添えた。

「もちろん努力も大切だけど、結果がついてくればずっとハッピーでしょ。例えば、M&Aの成約率だってプロのチームでも最後まで行き着くのは普通二割か三割。うちのチームは、たった七人で半分素人なのに、一年で六件全部成約させて、さらに持ち株会社までつくった。運も実力のうちというけれど、すごいと思うの。もちろんみんなのモチベーションとチームワークも抜群だったけれど」

うん、確かにみんなよく頑張ったよな。涼太は、ひとみやマリアの顔を思い浮かべて頷いた。

「でも、キャプテンや警部や由紀さんのお蔭で、ここまでやってこれたと思う。特に由紀さんには、いろいろと教えてもらって、お礼を言わなくっちゃ。それにしても、浜松の本瓦斯で由紀さんに出会えたなんて本当に不思議だな」

涼太が言うと、由紀も首を傾けた。

「それは、私も不思議。膝の調子が全然良くならなくって、それに不況でM&Aの仕事もまったくダメ。そのうちメンタルも疲れてきて、結局、心も体もボロボロの状態で日本に帰って自宅に引きこもっていたの。それが、なんとか外出できるようになったら、母の代役ということで父に引っ張られて、ある国の大使就任披露のパーティーに出た。

そこで、波多野さんに再会したの。あの人も奥さんと別れて、ファンドの中でも意見が合わなくなって、そこを飛び出して日本に帰って来ていた。それで、浜松のガス会社に頼まれてチームアップするから一緒に仕事をしないかって、突然誘われて」

「浜松には行ったこともないし、本瓦斯のこともよく知らなかった。波多野さんの経営手腕は知っていたけど、もちろん断ったわ」

「そうしたら、たまたま一緒にいた父が面白そうだから何はともあれ行ってみろ、と言い出して。すぐにこのホテルのオーナーに電話して、この部屋を一カ月押さえてくれたの」

「私は、二、三週間で帰るつもりでいたけど、最初の介護サービスの売却案件が予想外にスムーズにいって、そうこうしているうちに、ほかの案件も動き出して、だんだん忙しくなって抜けられなくなった。ケーキ室のメンバーも楽しい人ばかりだったし。それに、ここに来たら、体調も膝の具合も次第に良くなって、昔みたいに踊れるようになった。暖かい気候のせいかしら」

「え、でも、フィットネスクラブで、いきなり完璧に踊っていたじゃないですか」

「あ、そうね。あれが、ここで初めて踊ったとき。すごく身体が動いているって、自分でもびっくりした。やっぱり、涼太さんのラッキー・オーラのお蔭かも。だって、涼太さんが初めての観客だもの」

ふうーん、これまで、あまり運がいいと思ったことはなかったけれど、実は、あちこちに幸運を振りまいていたのかもしれないな。涼太は何となく納得した気持ちになった。

「もう一杯いかが？　最後の晩だから、どんどん飲みましょうよ」

ふと気づくと二人のグラスは空になっていた。

由紀が、新しく赤ワインのボトルとワイングラスを二つ持ってきて、ソムリエのような綺麗な手つきでワインを注いだ。豊潤《ほうじゅん》な果実の香りが部屋の中にふわりと立ちのぼった。

再び乾杯したら、音楽はバラード調の曲に変わっていた。

「この映画のストーリーは、アメリカの西海岸出身の男の子と女の子がハイスクールのダンスパーティーで知り合う回想シーンから始まるの」

由紀が、グラスを片手に語り始めた。

「二人は、お互いのことを好きになるんだけど、青年は芸術家を夢見てニューヨークに出て、絵を描く勉強をするの。女の子は女優に憧れてハリウッドでオーディションを受ける」

「面白そう。それで？」

「先に成功するのは女性の方。オーディションに何度も落ちるけれど、何回目かのオーディションで認められて、はまり役をもらうの。それがヒットして、仕事がどんどんくるようになる」

「で、男性の方は？」

「彼は、世に出るのにとても苦労するの。でも、ある日、たまたまニューヨークで彼の絵を見たパリの画商が、すごくその絵を気に入ってくれて、それでスポンサーになってもらい一気にブレイクする」

由紀は、自分のグラスにワインを注ぐと、涼太のグラスにも注ぎ足した。

「それから？」

「二人は、偶然パリのカフェで再会するの。彼女は映画のロケでパリに来ていて、彼は画商に紹介されて自分が描いた絵をパリの有名な美術館の館長とか絵の収集家たちに見せて回るの」

ふと見ると、由紀の目元がほんのりと紅く染まり、黒い瞳が潤《うる》んでうっとりとしている。少し酔っているようだ。

「もう一杯、いかが?」

由紀が、空になった二つのグラスに、また真紅のワインを注いだ。ボトルには、もうほとんどワインは残っていなかった。

「それで、二人はどうなるの?」

涼太が話の続きをせがんだ。

「二人は、その日の夜、セーヌ川にかかる橋の上で会うの」

ふと耳を澄ますと、かかっていた曲は、しっとりと心に響くスローな旋律に変わっていた。

由紀は、卓上のパネルにタッチして部屋の照明を少し落とした。切れ長の目が長い睫毛《まつげ》の下で涼太を魅了するかのように黒く輝いている。

「ねえ、少し踊らない?」

涼太は、グラスを置いて、由紀の手をとって肩を抱いた。由紀の身体は天女《てんにょ》のようにふわりと軽く感じられた。二人だけのダンスフロアだ。四十四階の窓から浜松の夜景が見える。遠くに夜間飛行のジェット機が、光を点滅させて飛び立つのが見えた。由紀の背中が鏡に映る。そこは温かく汗ばんでいた。

「二人は、夜空にきらめくエッフェル塔をバックにキスをして結ばれるの」

由紀が言った。その花びらのような唇がワインに濡れて紅く光っていた。

涼太は、自分の唇を由紀の唇にそっと合わせた。由紀は、避けずに、ごく控えめに応えてくれた。かぐわしい由紀の香りがほのかに花開き、涼太を優しく包み込んだ。めくるめくような夢心地の時間だった。涼太は、この時間が永遠に続けばいいと願った。

ほんの僅かな時間、二人は抱擁《ほうよう》し、そして上体を離した。

「夢みたいだ……。ありがとう」

涼太が言うと、由紀はかすかに頷いた。

「じゃあね、元気でね。また、いつか、どこかで会いましょう。グッドラック！」

「いつか、どこかで、きっと」

涼太は、由紀の差し出した手を握った。今日、二度目の握手だ。握った由紀の手は、一度目に比べてとても力強く感じられた。

（また、会えるかな……。また、会いたい！）

涼太は、閉まるドアの向こうに残る由紀を想いながら、静かなホテルの廊下をひとり歩いて行った。由紀と過ごした芳醇《ほうじゅん》なひとときの余韻《よいん》を感じて、心は満たされていた。

一年半後

浜松のホテルでフェアウェル・パーティーを開いてケーキ室が解散されてから一年半が経った。この間、涼太は、中日本ガスホールディングスの東京事務所長として毎日忙しく過ごしていた。

波多野が涼太に託していった名刺のコピーは二〇〇〇枚を超え、毎日五人ずつ会ったとしても、四〇〇日はかかる計算である。官公庁や企業の要職にある人物も多かったが、波多野の紹介というと、みんな気持ちよく会ってくれて熱心に涼太の話を聞いてくれた。波多野キャプテンの人脈はすごいと、改めて感心した。

もっとも、仕事は順調だったが、プライベートではちょっと思い悩んだ。東京に移って、ひと月も経つと、由紀のことが脳裏に浮かんで離れなくなった。甘美な麻薬が切れて禁断症状を起こした中毒患者みたいだ。

西海岸に渡った由紀は、ブログを再開していた。映画の収録が順調に終わると、メディアの取材や広告の仕事をこなしていた。さらに、ブロードウェイの新しいミュージカルの準主役の話がきていた。踊りに加えて歌や演技のレッスンも本格化した。モデルの仕事も始めている。西海岸と東海岸を往復しながら、仕事の幅をどんどん広げていた。ものすごく忙しそうだ。ブログのフォロワー数もあっという間に膨大な数に増えている。

ときどき仕事のアドバイスを求めて近況報告を兼ねたメールを打つ。しばらく経つと由紀はきちんとメールを返してくれるが、いつも簡潔なものだ。何度かニューヨークに電話を入れたが、忙しくて出られなくてごめんなさいと詫びるメールが返ってきた。

涼太は、由紀が徐々に遠いところへ離れてゆくのを感じていた。もっとも、それは予想していたことでもある。寂しかったが、由紀の活躍は涼太にとっても嬉しいことだった。それを励みに自分も頑張ろうと思うのだが、そう簡単に発想を転換できないところが自分の弱さだとわかっていた。

結局、涼太は、こう思うことにした。

由紀の人生の軌跡と自分の人生の軌跡が、本瓦斯のケーキ室のお蔭で一瞬交わった。そして、その軌跡はローマ字の『X』のように少しずつ離れてゆく。けれども、由紀が、あの晩に話してくれた映画の主人公たちのように、それが再び『Y』に収斂《しゅうれん》することは無理としても、また再会して軌跡が交わることもあるかもしれない。それまで、ケーキ室で学んだことを糧《かて》として充実した毎日を過ごせば、何かいいことがあるはずだ。そんなふうに考えると気持ちが少し楽になった。

こうしてようやく仕事に邁進《まいしん》することができるようになったある日、すっかり消息を絶っていた本瓦斯の元同期の村瀬と東京駅でばったり出くわした。浜松に帰省した帰りに涼太が新幹線のホームを歩いていると、向こうからゆっくり歩いて来る派手なシャツを着た村瀬を見つけた。村瀬も涼太を認めたらしく、悪びれずに手をあげて声をかけてきた。

「よう、久しぶり。東京勤務になったんだってな。本瓦斯の同期から聞いたよ」

「お前、会社やめたんだってな。いま何しているの？」

涼太が聞くと、村瀬は頷いて答えた。

「東京の旅行会社に再就職した。今、そこで旅行商品の企画とかしている。専《もっぱ》ら東南アジア専門」

あ、そうなんだ、と、相づちを打とうとした瞬間、村瀬が女連れなのに気づいた。斜め後ろに華やかな色づかいの花柄の服を着た東南アジア系のスリムな美人が立っている。

「これ、おれのワイフ。元フィリピンの現地ツアーガイドで、いま一緒に働いている」

よく見ると、お腹が少し膨《ふく》らんでいる。

「はじめまして」

村瀬の妻が綺麗な日本語で挨拶をした。白い歯が美しく、えくぼがかわいらしい。

「いい奥さん、見つけたな。おめでとう」

涼太が言うと、村瀬は、にやっと笑って、「じゃ」と新幹線に乗り込んで行った。

それにしても、一年あまりで仕事をかえて、奥さんを見つけて、もうすぐパパか。相変わらずやることが大胆で早い。それに東南アジア担当だなんて、「好きこそものの上手なれ」だよな。

涼太は独り言を言いながら、駅のホームをオフィスに向かって歩いて行った。

それからしばらく経ったある日、涼太の小さいオフィスに賓客《ひんきゃく》が訪ねて来た。株式を譲り渡した後、代表権のない会長に就任していた清水ガスの元社長の岩沼である。久しぶりに面会した涼太は、その艶《つや》のある顔色と足取りの軽さに驚いた。

「お病気は良くなられたようですね」

涼太が声をかけると、岩沼会長は笑って言った。

「やあ、心配かけたね。一時はどうなるかと思ったが、最近流行りの免疫療法《めんえき》がうまく効いてね。まだ、予断を許さないが、だいぶ楽になったよ」

涼太は、財界人のオーラを取り戻した岩沼会長を見て、嬉しくなった。

「じゃ、清水ガスの分もぜひ頑張ってくれ」

岩沼会長は、そう言うと、東京にいるガス業界の著名人を何人か紹介して帰って行った。

情報の結節点という意味で涼太のポジションが便利なせいか、ケーキ室の元のメンバーから、ときどき消息が伝わってくる。

波多野は、航空会社の経営再建に無事成功したようでブリジッド・エアーと名称を変えて、まもなく再上場を果たすと連絡してきた。天野警部の警備会社の経営も順調で、近々浜松市内の別の警備会社を買収して業容を拡大するとの便りが届いた。

由紀は、ロスでの撮影を無事終えて、今はニューヨークに活動の拠点を移している。まもなくブロードウェイへの復帰も果たせそうだというメールが届いた。次に出演するミュージカルでは見事、準主役の座を射止めたらしく、うまくいけば何カ月かのロングランになるかも、とのこと。そのときは、涼太をはじめ元ケーキ室の人たちを招待したい、とも書いてあった。幸い涼太のＴＯＥＩＣの成績もようやく九〇〇点を上回り、仮に一人でニューヨークに行っても、なんとか由紀の指定した劇場の待ち合わせ場所に辿《たど》りつけそうな自信がついた。

裕也とひとみは、二人とも東京にいる。どちらも忙しそうだが、たまにはマリアも誘って、元ケーキ室の四人で一緒に食事をする。ひとみは、最近ラスベガスで開かれたeスポーツの世界大会でついにトップ一〇入りを果たしたと目を輝かせて話していた。はっきりとは言わないが、どうやら彼女と裕也は付き合っているみたいだ。もしかしたら、いずれ結婚するのかもしれない。

さて、涼太とマリアとの関係だが、一時期マリアが急接近してきたときもあったが、結局のところ目立った進展がない。

それはさておき、最近のマリアの法律の勉強に対する集中力はすさまじいものがある。一度すごいねと感心したら、

「恋も大事だけど、キャリアも大事」

とあっけらかんと語っていた。

(ケーキ室の女子は、やっぱり偉大だ!)

そのマリアから久しぶりにメールがきた。試写会のチケットを入手したから、一緒に見に行こうとの誘いだった。

春が待ち遠しい二月の終わりの金曜日。銀座の映画館の前に、指定された時刻より少

し早く着くと、もうマリアは来ていた。

一緒に館内に入り、席に座って見渡すと、すでに満席に近い状態だった。そして、映画が始まった。

カリフォルニアの青い空。ハリウッドらしい瀟洒《しょうしゃ》な家が立ち並ぶ街並み。一人の女性が赤いオープンカーから降りて歌いだす。その歌声に合わせて、一人、また一人と道路脇の家や街路樹の陰から若者が歌いながら道に降り立ち、スキップするように踊りだす。家と家の間、樹と樹の間をすり抜けるように踊る若者。その数がどんどん増えていき、そして道路を埋め尽くす群舞《ぐんぶ》となった。すごい数のダンサーの集団だ。

カメラは全体をとらえたかと思うと、一人ひとりの歌と踊りを追う。軽やかにステップを踏む白人の女性、ストリートダンスを披露する黒人の若者、そしてスカートをまくりあげて情熱的に踊るグラマラスなラテン系の女。その奥にオレンジのスカートを風になびかせてスタイリッシュに踊る東洋系の女性の姿が鮮やかに映し出された。

あっ、由紀さんだ。カメラは由紀の姿を一瞬大写しでとらえると、すぐに手前に振られて家や樹の間を飛び移るように踊る若い男性を追う。そして、また全体を俯瞰《ふかん》する。

歌は大合唱となる。

『今は、ちっぽけな私だけど、きっと世界に羽ばたいてみせる。光り輝く未来を信じて……』

由紀は、群衆の真ん中でリズムに乗った切れのいい踊りをひときわ鮮烈に見せている。ああ、あの感じだよな。涼太は、かつて浜松のフィットネスクラブのスタジオで見た由紀の踊りを一瞬でフラッシュバックした。

遠くカリフォルニアの空に白い筋が見え、それがだんだん大きく広がり、画面の奥をゆっくりと横切って行く。飛行機雲を引っ張ったジェット旅客機だ。よく見ると機体に『B』のマークが見えた。

ストーリーが展開し、やがてエンディングのシーンになった。また、群舞の場面となり、次々に踊り手が数人ずつ現れて、見事な踊りを披露する。

白いドレスを着た三人の女性が舞台の中央からテンポよくタップのステップを刻んで手前に進んで来た。その真ん中にいるのが由紀だ。華麗なステップを正確に踏み、しかも優雅に舞う。身体がしなって、足が鞭のように床を蹴った。そうだ、これだよ。涼太は胸が熱くなった。

映画が終わり、涼太とマリアは、余韻を味わうようにエンディングタイトルが流れるのを見ていた。キャストの名前が次々に出て、そしてダンシング・ユニットの名前が出た。オープニング・ダンス。Yuki Mashiro の名前を最初の列の中ほどに見つけた。それからエンディング・ダンス。こちらにも由紀の名前がある。そして、最後にスペシャル・サンクスとして、スポンサーの名前の中に小さくブリジッド・エアーの名前を見つけた。

「『B』ってブリジッドの頭文字。波多野キャプテンの奥さんの名前がブリジッド。その別れた奥さんと再婚したんだって」

マリアが耳元で囁いた。

そうか。キャプテンも、この映画にちょっと貢献したんだな。

涼太は、そう思うと嬉しくなった。

『今は、ちっぽけな私だけど、きっと世界に羽ばたいてみせる。光り輝く未来を信じて……』

マリアが小さな声で口ずさんだ。まだ、館内は暗いままだ。

「そうだね。これから羽ばたく、だね」

涼太は、そう独り言のように言って、そっとマリアの手を握った。マリアも涼太の手を力強く握り返してきた。

涼太は、ようやく長すぎた曖昧な青春が終わり、そして人生の階段を踏みしめながら着実に一歩のぼり始めたのを実感した。

光り輝く未来を信じて――。

〈脚注〉

1　eスポーツ
エレクトロニック・スポーツの略。電子機器を用いて行う競技全般を指し、一対一の対戦型ゲームのほか、サッカーゲームなどチームプレイで争う競技もある。二〇二二年のアジア大会で正式競技に採用されることから、国内外の関心が高まっている。

2　エネルギーのシステム改革
電力・ガスといった事業ごとの縦割り規制を改め、小売りや託送、調達といったレイヤーごとにエネルギー市場を区分し、競争を促進して利便性を高め、産業構造を変革しようとする動き。二〇一三年に閣議決定された「電力システムに関する改革方針」に基づく。

3　ガス&ライト
エネルギーのシステム改革を受けて、電気事業者がガス事業に、あるいはガス事業者が電気事業にも進出し、これらを一体的に供給展開しようとする経営戦略。海外では一般的に行われており、「ガス&パワー」ともいう。

4　ビッグデータ
インターネットの発達や、コンピューターの性能向上によって生成された大容量のデジタルデータ。これらを活用して新たなビジネス展開を目指す動きが注目されている。

5　AI（人工知能）
Artificial Intelligence の略。言語を理解し、論理的に推論するなどの知的能力を備えたコンピューター。大量のデータから学ぶディープラーニングなどの普及により、飛躍的に能力を高め、ビッグデータを高速処理することで、技術革新をもたらすと期待されている。

6　ESG
Environment（環境）、Society（社会）、Governance（企業統治）。企業や機関投資家が持続可能な社会の形成に寄与するために経営や投資において重視すべき三つの要素とされる。

7　SDGs

Sustainable Development Goals（持続可能な開発目標）の略。二〇三〇年を目指して国連が提唱する世界を変えるための十七の目標。エネルギーの安定供給や、クリーンエネルギーの導入、気候変動対策などが盛り込まれている。

8 **イノベーション**
Innovation。経済成長の原動力となる技術革新。

9 **ファンドマネジャー**
投資家から資金を集め、これを成長企業などに投資して運用する金融の専門家。

10 **Ｍ＆Ａ**
合併（Merger）および買収（Acquisition）の略。企業や個人が、その保有する株式または事業を譲り渡す、あるいは相手方より譲り受けること。近年、わが国でも、この取引が活発化しており、経営戦略の重要な選択肢となっている。

11 **シェールガス**
シェール（頁岩）層に存在する天然ガス。地下深くにあり、高圧水で岩盤を粉砕《ふんさい》することにより採取する。

12 **シナジー効果**
相乗効果。Ｍ＆Ａなどにより統合された企業や事業が、単独で行うよりも大きな価値を生み出すこと。

13 **コージェネレーション**
Cogeneration。熱電併給。ガスタービンなどで発電し、電力を供給するだけでなく、発電の際に生じる熱を用いて蒸気や温水を供給するシステム。

14 **スマートマネジメントシステム**
ＩＴを駆使してビッグデータを活用するとともに、ＡＩを導入してネットワーク内のエネルギーを自動制御することにより、最適なエネルギーの利用環境を形成する次世代の仕組み（スマートグリッドのスマートとエネルギーマネジメントシステムを合体させた造語）。

15 **ＩｏＴ**
Internet of Things。すべてのモノがインターネットで接続されて情報やデータを有効活用できる仕組み。

16 **総括原価方式**
事業を効率的に行った場合の供給原価に、適正な利潤を乗せて売値とする料金の決め方。電力料金やガス料金といった公共料金に多く使われているが、電力・ガスのシステム改革により今後見直される方向にある。

17 **ファイナンシャルアドバイザー**

M&Aを行う事業者が雇う金融の専門家。買収対象事業の調査や売却する相手の選定、相手方との交渉、企業価値の評価などM&Aの手続き全般をサポートする。

18 **入札方式**

M&Aを行う際、売り手企業が多数の候補者を募って提案条件を競わせることを通じて、より有利な条件を引き出そうとする交渉プロセスのこと（逆に一対一で交渉する場合を相対《あいたい》という）。

19 **電力小売りの自由化（ガス小売りの自由化）**

エネルギーのシステム改革の一環として電気事業法の改正が行われ、二〇一六年より電力の小売りが自由化され、二〇一七年よりガスの小売りが自由化された。

20 **再生可能エネルギー**

太陽光や水力、風力、バイオマス、地熱など一度利用しても比較的短期間に再生が可能で、資源が枯渇しないエネルギー。温室効果ガスを排出しないという特徴を持つ。

21 **熱量変更**

石油系ガスから天然ガスなどの高カロリーのガスに切り替えること。多くのガス会社が一九八〇年代から二〇〇〇年代にかけて実施した。各家庭のガス機器を高カロリー化に適合するよう調整する作業が必要となり、ガス会社に多額のコスト負担が発生した。

22 **M&Aアドバイザリーファーム**

M&Aに関するアドバイザリー（助言）を専業とする投資銀行。比較的小規模なもの（ブティックという）をいうことが多い。

23 **ビューティーコンテスト**

事業者がM&Aを助言するファイナンシャルアドバイザーを選任する際に、複数の投資銀行から提案を出させて、その中から対象事業に関する知見やサービス内容、フィー（料金）の額などを勘案して選定する手続きをいう。

24 **IM（インフォメーション・メモランダム）**

売却対象会社の具体的内容を記した資料で、買収希望者に配付するもの。入札形式で多数の希望者に情報提供する際に用いられることが多い。

25 コードネーム

M&Aは、企業活動に与える影響が大きいため、その情報は厳重に管理する必要がある。したがって、同じチーム内でも案件に携わるメンバー以外に企業名が漏れることを防ぐため、「プロジェクト＊＊」といった暗号名（コードネーム）を用いることが一般的である。

26 デューディリジェンス（資産査定）

M&Aを行う際、法務や会計・税務の専門家を交えて、対象会社の資産を詳細に調査し、想定されたビジネス上の価値があるかどうか検証する作業。

27 価値評価

M&Aを行う際、買収対象企業の価値を算定評価する。通常は、ファイナンシャルアドバイザーが依頼を受けていくつかの算定方法を用い客観的に評価する。

28 基本合意

M&Aを進める際、比較的早い段階において相手方と、買収対象の範囲や買収スキーム、出資比率、株式評価額と投資額、経営体制や従業員の雇用条件、契約締結までのスケジュールなど買収取引の大枠について合意すること。一般的に法的拘束力はない。

29 クロージング

M&Aの最終契約締結後、株式や事業資産の引き渡しを受ける代わりに、対価を入金するという決済取引を行う。これを称してクロージングといい、この手続きによりM&Aは終結する。

30 マジョリティ（支配株主権）

過半数の株式を保有することにより、会社経営における支配権を有することをいう。

31 IRR（投資利回り）

Internal Rate of Return。内部収益率。投資に対する将来のキャッシュフローの現在価値の総和と投資額の現在価値の総和が等しくなるような割引率をいう。投資案件を評価する場合に用いられる代表的な指標。

32 **格付け**

信用格付けともいう。企業業績や財務状況などを分析し、企業の信用度をグループ分けして表示した等級。金融機関は、これに基づいて金利や担保などの条件を設定する場合が多い。

33 **エグジット**

Exit。出口。投資家が投資した資金を回収すること。株式上場（IPO）やM&Aによる他の株主への売却などにより回収する。

34 **ビジネスデューディリジェンス（事業査定）**

デューディリジェンスの一環として、ビジネス環境や事業収益構造を分析することにより、想定された事業計画の達成が合理的に見込めるか、シナジー効果が発揮できるか、などを調査・検証する手続きをいう。

35 **自己資本**

企業の総資本のうち、株主から調達した資本金と企業活動により蓄積された内部留保（剰余金）から成る。

36 **第三者割当増資**

株主であるか否かを問わず、特定の第三者に対して募集株式を割り当てる方法による増資。

37 **キャップ（上限値）**

Cap。本来、帽子のことだが、投資家が投入する投資金額の上限を定めることをいう。

38 **最終契約**

M&A取引について完全に合意に達したとき、譲渡する者と譲り受ける者が最終的に締結する契約。譲渡範囲や譲渡価格はもとより、経営体制など詳細な内容が規定され、法的拘束力を有する。

39 **持ち株会社**

事業の支配を目的として、ほかの会社の株式を保有する会社。

40 **ゼロ・エミッション・カンパニー**

廃棄物や温室効果ガスを自社の外に排出しない会社。

41 **パリ協定**

二〇一五年の気候変動枠組条約締約国会議（COP21）で採択された二〇二〇年からの温暖化対策を定めた国際ルール。

産業革命前からの気温上昇を二℃未満に抑えるため、今世紀後半に世界全体で温室効果ガスの排出を実質ゼロにすると規定する。

42 **化石燃料**

石炭や石油、天然ガスなど過去の植物や動物の遺骸《いがい》が変化して生成された燃料。

43 **水素ステーション**

燃料電池車に水素を補給するための施設。ガソリン車に対するガソリンスタンドに相当する。

44 **EV（電気自動車）**

Electric Vehicle。電気をエネルギー源として、原動機（モーター）を動力源として走行する自動車。各国の環境規制の強化もあり、次世代環境車の本命として自動車メーカー各社が開発に注力している。

45 **官民ファンド**

国の政策に基づいて政府と民間が共同で出資するファンド。

46 **年金基金**

年金給付を適正かつ十分に行うため、拠出された資産を長期かつ安定的に運用する運営法人をいう。国内外の年金基金は、巨額の資産を有する有力な投資家として知られている。

47 **頁岩**

泥土が変成した堆積岩《たいせきがん》。硬く、本のページのように薄く剥《は》がれる性質を持つ。その層の中に天然ガス（シェールガス）を含む。

48 **メジャー（国際石油資本）**

石油などのエネルギー市場において国際的に支配力を持つ大資本の企業体をいう。

49 **金融投資家**

金融機関や投資ファンドなど、値上がり益や配当といった金融収益を得ることを目的として投資を行う投資家をいう（逆に、事業に投資することで自らの事業の拡大を図ろうとする投資家を事業投資家という）。

50 **IR（投資家向け広報）**

Investor Relations。企業が投資家に向けて経営状況や財務状態、業績の動向などに関して情報を発信する活動をいう。

この作品はフィクションであり、実在する人物や企業・団体等とは一切関係ありません。

山本貴之　やまもと・たかゆき

1959年静岡県浜松市生まれ。東京大学法学部卒業、米国ジョージタウン大学法律大学院修士課程(LLM)修了。国内外のM&Aアドバイザリー業務の統括を経て、現在はコンサルティング会社社長。本書で第5回エネルギーフォーラム小説賞を受賞。ほかに著書として『M&Aアドバイザー』(エネルギーフォーラム刊)、『M&Aの「新」潮流』(編著、エネルギーフォーラム刊)がある。

M&A神アドバイザーズ

2019年3月5日第一刷発行

著者　山本貴之

発行者　志賀正利

発行所　株式会社エネルギーフォーラム
〒104-0061 東京都中央区銀座5-13-3 電話 03-5565-3500

印刷　錦明印刷株式会社

ブックデザイン　エネルギーフォーラム デザイン室

定価はカバーに表示してあります。落丁・乱丁の場合は送料小社負担でお取り替えいたします。

　ISBN978-4-88555-499-5